这帮人

Essa Gente

Chico Buarque

〔巴西〕 希科·布阿尔克 著

陈丹青 译

樊星 审校

漓江出版社·桂林

▪ 里约，2018 年 11 月 30 日

亲爱的朋友：

　　请不要认为我忘记了自己的任务。因为有欠于你，我十分苦恼。到 2015 年年底，我还一直给你交稿，而现在已经过去三年了。你大概也知道，近来我遭遇了诸多烦扰：分居，搬家，新公寓的保证金，律师费，急性前列腺炎。见鬼。不只自己的

困境，我们国家最近发生的事情也使我难以沉浸于文学的思绪而不受干扰。我已经花完了你慷慨予我的预支款，却仍不能静下心来，将不舍昼夜写下的文字编织成篇。我知道在此时打扰你不合时宜，毕竟看起来，经济危机并不如预期的那样有所好转。我清楚出版市场的艰难处境，但如果朋友你能再预付给我一部分版税，我将会去山上独居几个月，专注于回赠你一部精彩绝伦的小说。

　　热切地拥抱。

▪ 2018 年 12 月 7 日

　　分居时，我迁离了海边，住回山坡顶上，就是几年前我与第一个妻子同住的那个地方。她依然住在那幢彩砖外墙的楼里，低我四层，应该已经看到我从她的窗下走过了。她可能觉得我是来尝试与她和好，尽管她已经疲于了解。我是个逍遥学派的信徒，特别是在那些日子里，我坐下来写作，备感约束，视野浸泡在文字里。我去路上走走，一般总是当文字在纸上凝固、彼此紧压着的时候，就像我踩着的路面上黑白相间的小石子。一点一点地，我的双眼任由别的东西牵着：汽车，裙子，树叶，枯瘦的女人，三两学童，几只小鸟。再之后，眼里就只剩下色彩、棱角、轮廓、光晕和涌入头脑的灵感，这个好，这个坏，这时就该顶着太阳或冒着雨，沿着山坡上下来回走，口中念念有词，自言自语，像那位诗人说的，带着那怪异的表情、滑稽的动作和中断的手势[1]。这副怪相令那些门房摇着头说："啊呀，这个怪人回来了。"

1 此处指的是巴西诗人若昂·卡布拉尔·德尔·梅洛·内图（João Cabral de Melo Neto, 1920—1999）的诗，诗中写道："（诗人）真诚地给他人看 / 他本应怪异的表情 / 滑稽的动作，中断的手势。"（tem pudor de que outros vejam/ o que deve haver de esgar/ de tiques, de gestos falhos）

▪ 2016 年 12 月 13 日

　　从头说起。小男孩发誓说，他记得自己出世后不久，母亲在歌唱。他在看见她之前，已经听见了她，因为听觉和嗅觉一样，先于视觉。实际上，带着尚不分明的感官，刚出生的他把母亲的嗓音和奶水的气味混同了起来。之后她抛弃马孔巴[1]，

1　马孔巴（Macumba）泛指巴西、阿根廷、乌拉圭和巴拉圭非裔移民的各种宗教，结合了西非和中非传统宗教、美洲原住民信仰和欧洲宗教的特点。

开始在教堂里唱歌，此时她在意大利指挥家的家里做厨娘，把他带在身边。指挥家的妻子是个虔信天主教的金发女人，她很喜爱这个小孩子，可一旦孩子的母亲在厨房走神哼唱，她便火冒三丈。有一天，出于反抗，他开始为母亲而唱。这一唱立即激起了指挥家的兴趣，他教他歌剧，教他识谱、视唱练耳，甚至带着他唱到了莫扎特崇高的咏叹调。这天使般的嗓音……

▪ 2016 年 12 月 15 日

母亲换了工作，禁止小男孩去见指挥家。为了把他拴在家里，她给他讲了从牧师那里听到的诡异故事，使他对猪产生恐惧。他信着这个故事长大，相信有那种巨猪，在维迪加尔[1]的山上无拘无束地游荡，吃小男孩的睾丸。于是，当那天在牧师家里醒来，发现原来是睾丸的地方只剩下了敷料，他毫不怀疑，

1　维迪加尔（Vidigal）是巴西里约热内卢的一个贫民窟。

一定是猪干的。成年后，他胖得像头猪，却保留了那天使般的嗓音。

| 这帮人 |

　　我与遛狗的人同步走下山坡，他看着像新来的。他是个干瘦的混血儿，牵着十条狗（同时也被狗牵着），其中有玛丽亚·克拉拉女士的那条拉布拉多。玛丽亚·克拉拉女士和儿子去看医生了，家里没人能接回这条狗。门房拒绝看管它，因为它可能会弄脏大门，尽管遛狗的人给他看了装满狗屎的塑料袋。黄昏时分，我沿着山坡向上往回走，看见这个小伙子和拉布拉多一起坐在马路牙子上，无疑是已经送回了其他狗。我到家，写下这简单的几行字，开一瓶酒，热一个舒芙蕾，看电视上的球赛。半夜，我准备躺下，有了睡意，却睡不着。我穿着睡衣去车库开出车，挂倒挡下坡，还是在那个地方，我碰见了和狗一起坐着的遛狗人，让他们上车后座，带着他们上了坡。在公寓里，狗在我的腿间嗅了一阵，然后趴在厨房的地上，不吃我给它的猫粮。我给了遛狗人一瓶可口可乐，和剩下凉了的舒芙蕾，他愉快地收下了。能看电视，并睡在客厅的沙发上，他满心感激，然后问是否必须和我发生点什么。

▪ **里约，2017 年 9 月 23 日**

尊敬的巴尔萨泽先生：

　　从您的出版商处听闻，贵团队有兴趣在您大作的葡萄牙语版本出版之前阅读译本，我深感荣幸。此外，我得知您将亲自过目我的译作。鉴于您西班牙语流利，且作为巴萨诺瓦[1] 爱好者，

1　巴萨诺瓦即 Bossa Nova，一种产生于巴西的爵士乐风格，特点是轻松柔和。

对巴西的轻快腔调一点也不陌生，我十分荣幸地将我的终稿寄给您，请您评价。提醒您，我擅自改了一些标点符号，比如原作中随处可见的冒号，许多时候可以换成句号或逗号，在我看来，这样要明确得多。我还认为一些感叹号实属多余，因此也删去了。

请允许我再说一句，据说您将来巴西，我迫切期待在那时与您见面。致以多年来的无限敬意。

玛丽亚·克拉拉·杜阿尔特

▪ **里约，2017 年 10 月 9 日**

尊敬的巴尔萨泽先生：

我从不敢冒犯您，况且，既然您的书已经出版，并在您的国家取得如此成就，我也就没有责任来指出这样一本书中的前后不一之处。但是，比方说在第 297 页，当您说钢琴家的手指停留在正三和弦上，读者可能会理解为，钢琴声还在继续响着，而同一句话里又表明，事实并非如此。所以，我才坚持认为，当钢琴家和那渴慕的女人在全场的寂静中对视时，应该说"他的手指保持着弹奏的姿势"，或是说"保持着和弦的手型"，看您偏向于哪种。我热心于本职之外的工作，得到的回应却是建议我遵从原文，因此我心里也很不是滋味。不过，不管怎么取舍，决定权总归在作者。这样，我也将有更多时间，来对付我自己家里的艰难生活，不再拿新的信来烦扰您。其实信可能都没到过您手里，因为我怀疑是您的秘书在给我回信。所以，就让钢琴家弹的正三和弦在寂静的大厅里回响吧。我也不跟您争论这个"渴慕"了，虽然在我看来，说这个基本上躺在了钢琴顶盖上的女人，"淫荡"一词相比之下贴切了不止一点点。还有，对这个"基本上"，我也持保留意见，我提议在这里用"几乎"，为的是避免副词后缀"上"的重复。这是表述优美的问题，而不是像您或您的古巴秘书指责我的那样，在语义上吹毛求疵。

此致

玛丽亚·克拉拉·杜阿尔特

▪ **里约，2017 年 10 月 27 日**

先生：

    这是我给您寄的最后一封"不敬的来信"。告诉您，我考虑干脆不在您巨作的译本上署名，要么我就以笔名翻译。我还没下定决心，那只是因为我怕出版商把报酬降到地板，那可能才刚到每页十美元，或者，大约八十美元一天，这些钱付给一个勤奋的打字员倒正合适。您确实可以置身事外，但文学也并非我的生计来源。我以在会议和讲座上做同声传译为生。对我来说，文学本该就只是享受，因为单靠它，我无法独自一人担起儿子的生活所需。这也不是秘密：他的父亲对他不管不顾，而他又需要特殊照护。

我很确定，不管怎么说，您的小说会在我们国家取得巨大的商业成功。

亲切地道别。

玛丽亚·克拉拉·杜阿尔特

- **2018 年 9 月 21 日**

　　我的妻子放下画笔，等待家政工来，然后她亲自去开了门。两个大个子在门厅里倒腾了一阵，然后带着一个很长、裹着气泡纸的包裹进了客厅。打算放在哪里？其中一人问。放窗户这里，哦，立着，面对着海。她说着，手摸起了包装，大概是为了确认哪个是正面，这东西只可能是尊塑像。随后，她打发走搬运工，一心捏气泡玩，从气泡下面看见了褐色的硬纸板，缠着胶带，需要用到厨房剪刀。不一会儿，出现的是一个同我差不多大的金色物体，也许是个图腾，不，是个男人。她进屋，又拿着一条黄绿相间的绶带跑了出来，挂在这尊金色雕像的上半身，也许是嫌它还不够俗气。我只觉得反感，但没说什么，我和她之间已经不说话了。她和雕像倒应该有更多可以聊的。

▪ 2019 年 1 月 3 日

　　会计师打电话告知，我银行存款的余额已经有了赤字。然后呢？然后，我问。正值上午九点，天气炎热，窗边的天竺葵被烤得干焦。冰箱里放着面包、黄油、两片火腿，而我也学会了用咖啡机做咖啡。家政工爱给天竺葵浇水，但楼下的邻居总抱怨说漏水。报纸放在玄关，封面是假的，它伪装成封面的样子，其实上面的"新闻"全是广告。猫抓下报纸，在上面撒尿的时候，我怒不可遏，但现在我想念它了。人们说安哥拉猫都爱搞死自己，连家政工也信誓旦旦地说是它跳起来追的蜂鸟。她指给我看楼下游乐场上摔得粉身碎骨的猫，但我不想下楼，是她把猫埋葬在了那边的花坛里。家政工总是很早来到家里，喝咖啡，还有个令人痛恨的习惯，就是先我一步翻看报纸。看完之后她会试图掩饰，但我注意到了几条不规则的折痕，像是没熨平的裤子上的褶皱。我还尝出了咖啡二次加热后的苦涩，所以，对家政工我倒没什么怀念的。

■ **2019 年 1 月 15 日**

　　与糖面包山[1]擦身而过后，飞机没有飞向南方，而是低速飞掠里约热内卢的上空。我自娱自乐地想着，也许机长和我一样，也不愿意离开里约，更不想早点到圣保罗。要么就是他决定在城市上空做个全景回旋，好向乘客展示我们的沙滩、蒂茹卡森林、基督像、马拉卡纳体育场、贫民窟，以及其他旅游景观。我们终于飞上了常规航线，到了海面上空，在这里，飞机

1　糖面包山（Pão de Açúcar）位于里约热内卢的瓜纳巴拉湾，是该市著名旅游景点。

急剧转向，飞回里约，想必是遇到了故障。空姐面带微笑，走过过道，安抚焦灼对望的乘客。我们已经准备好降落在圣杜蒙特机场的跑道上，飞机却又骤然拉起，回到城市上空，我想这是为了耗尽燃油，准备再次着陆。可问题是，发动机已经开始冒烟，一直面带微笑的空姐也再难以平息机舱内的骚动。据说，人将死之时，一生会从头到尾在脑海中回放，但我并不像是在看电影，而像是随飞机紧贴里约热内卢低空滑过。这里是我出生的产科医院，我父母的房子，我受洗的教堂，我上的教会中学，我在那里辱骂过神父，在球场用后脚跟踢进过一球，在海边差点淹死，在那条路上迎面挨过一拳，在电影院里谈恋爱，在那栋楼里上考大学的预备课程，却没有坚持到底，在那些地方结过几次婚，也没有坚持到底，然后，在墓地边，飞机又猛地一冲，拉起机身，加速冲进云层。不到一分钟，机长又决定回去，于是再一次飞过产科医院、我父母的家、教堂的塔楼，所有这些地方。仿佛，飞机盘旋的同时，也无比真实地再现着我一生的轨迹，令我再看见过去的女人，过去的电影，回到过去的地方，心甘情愿地重复过去的错误。空姐在颠簸中走过每个座位，确认安全带是否系好，对问能否活下来的人，她微笑着回答：只有等奇迹了。绝望的惊叫声中，现在响起了一片祈祷的声音。向窗外望去，我应该是看到了我的公寓，坡道上的一起撞车事故，一只受到惊吓的猫，一条狗投来的目光。机长对着麦克风唱《圣母颂》，空姐分发着推车上的玫瑰念珠[1]和《圣经》。我打开《旧约》，但老花镜的镜片已经磨花，让我看不清那上面的小字。我拆散了玫瑰念珠，徒劳地搜刮着记忆里的祷词，身边同罹此难的人用憎恨的目光瞪着我，合情合理。飞机将带着上百位信徒一起坠毁，只因一人犯了不信神之罪，这人多年前就对奇迹失去了信心。氧气面罩从每位乘客的头顶上落下，唯独没有我的；这时，我才注意到坐在旁边座位上的父亲，他别过脸，否认他卑鄙地夺走了我的氧气。我失去了希望，凝望着空姐，她在我额头上画着十字，我呢喃道：妈妈。这就是我生命中最后的一口气，随即我醒了，身上裹着被单，电视机开着：从今天起，根据总统令，我在家能够放四把枪。

---

1 玫瑰念珠（rosário）是天主教徒诵念玫瑰经时使用的计数工具，前端一般系有耶稣的苦像。

■ **2017 年 4 月 9 日**

　　当年我结束第一段婚姻时，出于一些在这里说来似乎不太重要的原因，我的妻子说我是大男子主义者，是厌女男。她说这话时没经过思考，这从她的自相矛盾中可以看出，因为没人比她更懂每个词的确切含义，甚至词源；她知道，她信誓旦旦说的那些并不对。我不是打女人的那种人，也不以伤她们的心为乐。我更喜欢已经被其他男人伤了心的女人，比如，受到背

| 这帮人 |

叛的女人，她们怒气冲天，面带怒火。但没什么能比得上那些尚且年轻深情却死了丈夫的妻子。在死于悲惨意外的丈夫的追悼会上，她们扑倒在紧闭的棺材上。每当在照片上看到这种哀悼场面，我都不可能不去想，谁将是第一个和这位寡妇上床的人，尽管她曾多少次抗拒，有过多少五味杂陈，却最终放弃抵抗。性高潮中爽到哭的女人我也很喜欢。我假装问：你难过了？疼了？仿佛同情和邪欲之间有一种奇妙的联系。

▪ **里约，2019 年 1 月 24 日**

致圣欧热内房屋管理员：

　　本人玛丽卢·扎巴拉博士，201 室的住户。我坚决要为圣欧热内的绝大多数住户发声。702 室的新房客（据说他是一位作家，不过我从未听说过他），显然觉得自己没必要跟邻居打招呼，也没必要在走过泥路之后擦一下自己的鞋底。我不能要求他自己懂点礼貌，更无法谴责他穿短裤乘公用电梯，有时还不穿上衣，浑身是汗，这是我们的住户公约所禁止的。尽管如此，我提出这些不满，为的只是我和其他住户的安全和宁静。这位居民除了在深更半夜叫来食物和酒水，据说，还有女人频繁光顾他的公寓。已经有两三次了，我自己都不巧在我家窗外看见了妓女——抱歉，就是这个词，因为根本无法稍加委婉地说她们是应召女郎或援交女。妓女从"优步"车上下来，上到七楼去。她们几乎是最底层的性工作者，我这么说，不是根据她们的长相，因为我是联邦法官，没有肤色偏见，我是看她们的穿着，以及在电话里大喊大叫爆粗口的样子，言行放荡不淑。我毫不怀疑，过不了多久，702室里就会办起淫乱聚会，而且还是在凌晨，惊吓到孩子们，搞得我们睡不好觉，并且马路上都听得见。这显然是在破坏圣欧热内大楼的名声。

望采取措施。

玛丽卢（201）

▪ 2019 年 1 月 25 日

莱伯伦海滩边的奢华公寓，宽敞的三合一客厅，早上有阳光，餐厅，洗手台，四个套间——其中一间是主卧，私人娱乐室，开放式厨房，带两间保姆房的洗衣间，八个停车位，价值1670 万雷亚尔 [1]。

从高处往下看，这个街区和贫民窟没有太大差别。一群不铺屋顶的杂乱建筑，令人联想到在打折促销时被翻了个底朝天

1　巴西货币，1 雷亚尔约等于 1.5 元人民币。

的鞋店里，那一大堆打开盖子的鞋盒子。然而，在这片地方，我一连幸福了好几年。我结了婚，有了情人，吃，喝，和朋友打扑克，出入办公室、事务所、文具店、理发店和鞋店之类的地方。近来不再是这样了，好像我来自另一个时空似的，我不在的那些日子，餐馆变成了药店，药店变成了银行，银行又变成了快餐店，这里的人都像换了一批，他们对我嗤之以鼻，仿佛我是个外来的，是个穷鬼。这帮人不知道，过去的几年里，我和美丽的罗萨内一起住在这个街区最高贵的大道上。她也已经变了一个人，现在一定也把我当作陌生人了。上一次她对我说话，还是为了指责我变成了个反社会的。曾经我们两人都是反社会的，在我们短暂婚姻的黄金时代，我们是对遁世隐居的夫妇。我们在淋浴房里二重唱，在床上听爵士乐，在电视上看系列电影，一起做饭，叫新鲜生蚝外卖，只差没天天晚上开香槟，因为我存下来的稿费已经捉襟见肘了。在同一个房间里，我在电脑上写作，她架起画板，开始画她的装修图纸，或是说，室内设计图，像她更喜欢说的那样。只有当我独自去沙丘间漫步，追逐我的灵感时，她才偶尔独自出门，去见她的客户。我不知道是从什么时候起，她开始觉得我缺乏野心，我应该签下大报纸的专栏，我的书因缺少刺激而滞销，最后，她指控我嫉妒她事业有成。我想，那是在她着手为现在这段恋爱装饰房子的时候，那是个老头，在亚马孙雨林种大豆发了财，当时还跟一个社会名流有婚姻。还没离婚时，我就在杂志上看到了他们站在一起的照片，罗萨内、老人、被戴了绿帽的妻子，还有一众熟悉的面孔，他们正在参加举国大庆，而我却从未受到这些活动的邀请。就算我受到邀请，我也去不了。要想去科帕卡巴纳宫、乡村俱乐部或是老头家位于旧科斯梅的豪宅，我连双像样的鞋子都没有。要是我去了，遇上了罗萨内，即便我没有欲望，也还做得到轻咬她的嘴吻她，让那秃子和所有人都好好看着。

▪ **圣保罗，2019 年 1 月 27 日**

亲爱的玛丽亚·克拉拉：

　　只有凭我们这样坚固的友情，我才敢试探人情是非和职业伦理的界限，给你写这封信。这是件很微妙的事，你应该已经猜到，我要跟你提杜阿尔特了，之前他和那个"艺术家"有婚姻，你们之间关系紧张时，我是不会提起他的。虽然我不在你身边，但看到他被那样的风流恋情俘获时，我跟你站在一边，现在，已经过去了三年还是四年，肯定没超过五年，那时我们还出版了他的最后一部小说。从那以后，杜阿尔特答应了会交新的稿子，然后就一直拖延着。直到有一天，他为了要更多的预支款，作为抵押，给了我一份"粗制滥造都不足以形容"的小说草稿，在我们的编辑看来，这只能作退稿处理。仅看那前几页，就能印证你对丈夫的职业生涯有多么重要，你做的远不止是出于爱情或友情，帮他预先检查一遍语法，替他免去最主要的尴尬。我差一点信了出版社里的非议，他们说是你从头到尾重写了他的书。你别怕，玛丽亚·克拉拉，我不会提出让你们以"为了祖国文学事业"的名义复婚。但我希望你考虑一下，是否有可能在智识关系上重新接近，这对我们杜阿尔特的未来而言不可或缺，绝不是因为他是你儿子的爸爸。

友爱地拥抱。

佩特鲁斯

P.S. 编辑应该已经于本周寄给你 H. 巴尔萨泽的最新小说。还请你先不要开始翻译，因为他的文学经纪人告诉我们，他想要临时试用一个新的译者。一定是发生了什么误会。

■ **2019 年 1 月 30 日**

　　在位于旧科斯梅的奢华府邸中，企业家拿破仑·马梅德在设计师罗萨内·杜阿尔特的陪伴下，接待了受邀观看法蒂玛圣母合唱团演出的贵客，该合唱团是由玛丽亚·达卢斯·费若与指挥家丈夫阿米尔卡雷·菲奥伦蒂诺主管的音乐慈善机构。在菲奥伦蒂诺的指挥下，一支室内乐团与一支由二十人组成的合唱团，为到场的幸运儿们献上了精美的歌剧曲目。当晚的末场剧由埃韦拉尔多·卡宁德出场表演，一个有色人种的小伙子，出身卑微，却在唱出莫扎特的咏叹调《夜女王》时，用他那阉伶的嗓音打动了所有人。

▪ 2019 年 1 月 31 日

　　我无精打采地翻看着时政版，搜寻着足球、电影和分类广告，却中途撞见了一则讣告。小富尔维奥·卡斯特洛·布兰科去世了，他曾和我一起在圣伊纳西奥中学读书，偶尔我还在乡村俱乐部和他一起喝酒。几年前，我卖掉了俱乐部的会员资格，从此没再见过富尔维奥。我怀着某种悲伤的心情走下山坡，走到沙滩步道，在那里，早晨的阳光迎面照来，打在边上大楼的玻璃墙上。像从远处看的一束光,那尊通体镀金的丑陋塑像依旧纹丝不动地立在罗萨内敞开的窗前,身上还挂着总统绶带,全副装饰。今天我让罗萨内抓到把柄了,让她查到了我的反社会行为。如果说在玛丽亚·克拉拉时期,我是个高产的作家,那无疑是因为我不苦心孤诣,而是取用这类漫步中的偶然所遇。在伊帕内玛沙滩的小摊前,我停下来,喝椰子水,在那里与我邂逅的每一个人,都可能是我将来某个人物的灵感来源。即便那些从未打开过一本书的家伙,也可能一下子走进我的书里。时不时有老同学走来,他知道我的工作,便问我:你的那些小说啊,杜阿尔特,什么时候出下一本?这话让我虚荣得很,美滋滋的,但我并不去想怎么回答,因为沙滩尽管是我灵感的滥觞之地,却不是谈论文学的地方。文学的东西,我从玛丽亚·克拉拉的口中已经听够了,她从不谈别的东西,也从未沐浴在海水中。

就在科帕卡瓦纳海滩的步道上,我想,大可延长这次散步,走到施洗者圣约翰公墓去。我可以顺道去追悼会告别富尔维奥,不去白不去,他有可能会出现在我的下一部小说里,带着死人蜡黄色的脸。在挤满了人的小教堂门前，我看到了许多同我一般年纪的男人，大都穿西装、打领带，其中可能有些圣伊纳西奥的同学，只不过我记不起来他们了。好在周围也有一群穿着随意的年轻人，毕竟我穿着卫衣和运动鞋，已经觉得窘迫了。

小教堂里的窃窃私语告诉我，富尔维奥遭遇了一场惨烈的摩托车事故，走近棺材的时候，我看到它确实已经合上了。在棺材边上的是那位寡妇，我惊讶于她竟如此年轻，其他几个小姑娘围着她，她们也都才二十出头。寡妇是那种苗条而精致的女人，一身黑色套装，腰身纤细，身体随着阵阵抽泣而上下起伏，眼泪不住地流淌在苍白的脸上。正当我想要挤出一条路，去向她致以哀思，有人戳了戳我的背，叫我的名字。我惊呆了，这个人有血有肉，正是富尔维奥，他紧紧地拥抱我，颤抖着声音，感谢我前来悼念：他才二十五岁啊，杜阿尔特，才二十五岁。现在清楚了，死了的那个富尔维奥是他儿子，这出乎我意料，令我连几句寒暄都说不出来。我又一次拥抱他，就立即同他道别，但他坚持要送我到门口。他像是真诚地说，很高兴又见到我，并惋惜道，在乡村俱乐部星期五的快乐时光中，他没能再见到我。又一个拥抱之后，他用依然颤抖着的声音问我：你的那些小说啊，杜阿尔特，要出下一本了吗？

▪ 2019 年 2 月 1 日

　　上帝放过了我，让我不用和杜阿尔特生一个孩子。看他那个样子，毫不关心他和第一个妻子生的儿子长出了阴毛，我已经觉得他不会是一个好父亲了。有时我确实会想生孩子，但那是因为我想做母亲，而绝不是为了惹另一个女人嫉妒得咬牙切齿。三十五岁时，我已经接近成为高龄产妇前的最后期限了，保险起见，我和杜阿尔特一连几个月都没日没夜地做，而且还不仅是在我的排卵期。但我没有怀孕，也没有出现排卵功能的问题，于是妇科医生建议杜阿尔特去检查一下生育功能。他在化验室收集了精子，那不过是一次当着我的面的手淫，结果发现他得了无精子症，也就是说，他不能生育。他大为震惊，疑心他养的不是自己的儿子，而很可能是某个垃圾作家的种，也许是某个在文学展上喝得烂醉的外国佬。那会儿我还是半个女性主义者，出于姐妹情谊，我挺身为前妻辩护。我说服杜阿尔特保持冷静，不要拿官司和亲子鉴定去侮辱那个老女人，也不要去出版社抹黑她，他们在那里还有共同的朋友。我还记得医生对他解释说，输精管的堵塞很可能是性病感染导致的，也可能是由近期的外伤所致。医生说，一个简单的小手术，类似于结扎后的输精管复通术，就可以让他重新像种马一样富有生育力。但杜阿尔特正在气头上，不愿听我们的交谈，也不愿听什么手术，从那以后，他也不再跟我上床了。正是在那个时候，我开始在旧科斯梅那昏暗的豪宅为拿破仑·马梅德设计照明系统。他的那些大厅现在流光溢彩，而我有幸在那里参加和院士、大法官、经济学家、宗教人士、政治学家及其他社会名人的聚会。

我，罗萨内，一直以来都是个无脑美女，居然开始喜欢上谈论国家的大政方针；而此时，恼羞成怒的杜阿尔特正在和妓女厮混。还好上帝放过了我，让我不用和杜阿尔特生一个孩子。

▪ 2019 年 2 月 2 日

　　为了刺激自己继续工作，杜阿尔特决定重新朗读一遍他的小说。但他最终只停留在了第一本，《宫中阉伶》，心想如果抄一两段将近二十年前写的东西，不会有人发现。而且，《宫中阉伶》还是用第三人称写的，采用中立者口吻叙述的好处是，他可以避免在书里指涉自己的一些恶癖。杜阿尔特拿着书，好随时参考，自言自语着走下山坡，直到突然停在路的中间，像被雷劈了一样。他有了一个绝妙的想法，必须写下来，不能耽搁。与其上坡回到家里，不如去不远处沙滩上的售货亭，这样更切实际。他十万火急地向摊主讨要一支记账笔和一张餐巾纸，但后者说不行。

"不行？"

"不行。"

"那为什么不行？"

"因为就是不行。"

"那我付钱呢？"

"不行。"

不宜与这个人对着干，他看着像个综合格斗手，手臂粗如大腿，满是灰黑的文身。

"就一支笔。"杜阿尔特几乎在哀求他，想着可以把这个绝妙的想法写在他那本书的衬纸上。

"不行。"

"求你了，这事很重要。"

"那你拉倒吧。"

就在这时，他看见了一个小巧伶俐的姑娘走向售货亭，他早就在沙滩上留意到她了，她在打沙滩排球时是二传。

"你好呀，叔叔。"

他认识她，但不知在哪里见过。

"你有笔吗？"

"当然。"

她从书包里拿出一个文具盒，打开后，里面一层层地放着不知多少排各种颜色的笔。杜阿尔特选了一支红色的，开始如饥似渴地写下他的想法，以及这个想法的后续发展。他写遍了书上每一处空白的地方，还没写完，一个巨浪打在了步道上，卷走了椅子、桌子、遮阳伞、售货亭的小屋、打排球的女孩和杜阿尔特。被雪崩般的海水卷着翻了三个跟头后，杜阿尔特浮出水面，没想到自己竟在路另一侧的步道上。

"书呢？"

"在这里呢。"女孩说，她从湖里出来，湖是罗萨内家的地下停车场形成的，她手上拿着泡透了的书。

书还完整，但已是一片空白，海水不仅洗掉了那些绝妙想法，也洗掉了书上所有的文字。女孩紧张地一笑，然后，大笑着环抱在杜阿尔特的脖子上，杜阿尔特这时惊奇地发现，抱着他的不是别人，而正是小富尔维奥的遗孀。与此同时，他发现自己正在家里，和她在一起，她穿着比基尼，冲到沙发上趴着，开始抽泣。他本已准备好去安慰寡妇，门铃却骤然响起，一刻不停。应该是个歇斯底里的女邻居，或许更糟，可能是警察，杜阿尔特开始担心这女孩还是未成年人。直到门铃停止，他才走到门口，此时走廊上已经没有人了。就在他突然想小便，跑去厕所时，门铃对讲机响了，是门房：

"您的儿子刚刚来找您，然后他就出去了。"

杜阿尔特回到床上，想继续刚才的梦，这时他已经举棋不定，是去梦刚刚离开的寡妇，还是去梦那已经消散了的绝妙想法。此时，女孩重新出现，坐在沙发上，赤裸着身体，脖子上挂着一架手风琴。当她在琴键上摁出一个悲伤的长音时，杜阿尔特在风箱的褶皱间认出了他的字迹。他正要去读他的绝妙想法，却没来得及，因为女孩很快合上了手风琴，并且，伴随着热烈的旋律，风箱的每一次开合都比前一次更快，直到她筋疲力尽地瘫倒在地上。杜阿尔特正想去给她急救，门从外面打开了，出现在面前的是他的儿子和一条拉布拉多。他更多是根据狗认出他们的，因为儿子长大了许多，而且整个头都包裹着。在公寓里追逐一阵后，孩子开始用手抚摸寡妇的大腿，拉布拉多去嗅她的屁股。

"够了！"杜阿尔特大喊。

受到惊吓的儿子跑到窗前，头朝下从七楼跳下，拉布拉多紧随其后。

"然后呢？"

"然后轮到我出去了。"寡妇说着，飞出窗外。

▪ 2019 年 2 月 3 日

　　亲爱的，我重写了以下这封信，原来的那封我本要寄给你，但我们儿子帮忙弄丢了它。

亲爱的：

　　在这封信里，我首先想提议，让爸爸和儿子见上一面，你们已经两年多没见过了，上一次还是在他九岁生日时，你送了他一只孵蛋的恐龙。你将会见证这孩子的进步，他已经能独立做事了，不用再让我愁得直抓头发。治疗和吃药的效果很显著，现在，他的抽搐已经很少发作了，你一向知道，直到去年，这还让我在医院急诊室度过一个又一个夜晚。他也能独自坐公交车去上学了，几乎不再在学校里表现出急剧的情绪变化或注意力缺陷。他受到同学的欢迎，对周围楼里的住户和员工也彬彬有礼，我都奇怪，为何你还没在平常散步时遇到他。不过，不必多说，能有你住在旁边，我喜出望外。

我很后悔，如果我把猫咪维尔吉尼娅送给你是冒犯了你，请你原谅。我知道你在这边上住下后，就把它当作见面礼送给了你。当时我思量，猫很适合陪伴一个单身的作家。在文学大师中，大量的例子证实了这种高匹配度。可是很遗憾，在街上门房之间的闲言碎语中，我得知猫咪和你短暂地生活了一段时间，然后就摔死了。如果你还想要一只，别犹豫，尽管联系我，我和这里宠物店的关系非常好。只是别忘了给所有的窗户装上防护网，这也是为了我们孩子的安全。

我们亲爱的编辑出于好意介入，让我和你一起完成你最近的写作项目，他对你作品的第一印象非常好，认为只需稍加调整。于是，他以一贯亲切友善的态度，暗示我来协助你。其实你不需要协助，亲爱的，在我看来，只不过是你近几年的生活让你分了心。我想象着，在你的新公寓里，有只猫，或者没有猫也行，你可以有足够的时间和清闲来施展你横溢的才华。不管怎样，我可以随时在任何事情上协助你，即使是日常生活中的琐事。比如说，我得知，没有家政工给你做饭了。如果你还乐意吃炸玉米条，随时都可以过来，因为我每一天都过得差不多，一个人过，或者和孩子一起。此外，应该向你坦白，我觉得我需要一个朋友，来分担我的想法，因为看到人们对我们国家的所作所为，我颇有异议。我们的通信隐私会被再度侵犯吗？他们还会再烧我们的书吗？顺便一提，我原样保留着你的书房，旋转书架也丝毫未动，上面的字典和语法书你一定非常需要。

　　吻你。

玛丽亚·克拉拉

▪ 2019 年 2 月 6 日

"宽免我们的债，犹如我们……"破旧的音响里，传出神父哀悼的嗓音，仿佛是在纠正我：宽免我们的罪债，犹如我们也宽免得罪我们的人[1]。我们的神父换了人，礼拜仪式也换了，但我去过的教堂都始终有着一样的气味。那是一种内在的气味，也许最底下的部分来自石头，混着花朵、香烛的气味，和虔诚

1　出自《圣经·新约》中的马太福音 6: 12，文中采用思高本译文。

女信徒身上浓郁的香水味，这让我仿佛回到了学生时代。长大成人后，我不再害怕弥撒、圣体光[1]、挖出的心脏和被钉十字架的耶稣，也不再害怕神父、神父的法衣、神父的语气和神父身上的霉味，尽管那气味曾在我的心里注入了对地狱的恐惧。但是，那些昔日笼罩着小男孩脑海的恐惧，总会遗留下一些痕迹。今天我在教堂吸入的空气里，应该有几分气味，属于那时我感到的恐惧。

出教堂时，这家人的亲友已经不再像排队致哀时那样面带悲痛。他们高声交谈，甚至有人放声大笑，人们夸赞着政府的经济政策，约着去餐厅吃饭，相互拥抱、亲吻，然后一边互道"保重"，一边走向各自的汽车。就连年轻的寡妇，也被一众欢快的女伴围绕着，看起来似乎又容光焕发了。这样，和初见时相比，她已失去了几分对我的诱惑。倘若可以，我情愿去和她母亲交往，她四十出头，我无意间听到她抱怨这周边抢劫频发。天上刚落下几滴雨，过了一个街区，我就已是孤身一人，

---

1 圣体光（ostensório），也称圣体发光、圣体皓光、圣体光座或圣体显供架，是天主教、旧天主教、圣公宗和信义宗等宗派在一些宗教仪式上使用的祭具。通常为镀金银制品，正中开有一个透明的小窗，用于嵌入圣体，四周呈放射性线条，以表现出"圣体发光"的主题。

其他没上车的人都在广场上找了一家酒吧进去。一辆四驱越野车停在我身边，在半开的车窗里，富尔维奥问我是否走路回去。这时雨大起来，但我宁可说我打车回去，因为我不想对他解释我卖掉了我的车，也不想解释说我神经有病，爱在雨里走路。不管找什么理由，我都争辩说，搭他的车不现实，因为他就住在拉各亚，而我住在莱伯伦的山上。富尔维奥竟真的让我坐上了他的后座，他的妻子坐在他身旁，红肿着眼睛，腿上放着一盒纸巾。这位女士在发福之前，应该十分漂亮，车里的寂静时不时地被她的叹息和啜泣打断，而雨也敲打着车身，发出声响。一直开到植物园路，富尔维奥才打破沉默，用几乎耳语的声音告诉我，他总是想起我的那个航海家。他所谓失去儿子的航海家，是我一部小说里的人物，我已忘记了这部小说，而去年夏天，他在丹妮斯的推荐下读了它：

"还记得吗，丹妮斯？"

丹妮斯依然呆滞，吸着鼻子，擦着鼻涕。据富尔维奥所说，是她向他推荐了我的小说。直到不久前，他都还只零星读几部畅销书，如果不算上法律方面的指南和论著的话。近来这些日子，他顾不上面子，求助于心理自助书籍，这些书让他挨过了哀悼儿子的日子，也给了他力量去安慰丹妮斯。车里又一次沉寂。此时，外面的天色比往常黑得更早，随着雨越下越大，道路上涨起了水。

"我们回家吧。"丹妮斯的声音比她的年龄苍老许多，沙哑着。

一道闪电撕破了晚空，不知是闪电还是雷鸣，震得车身摇晃。路的前面是一个水坑，那简直是横亘在马路中间的池塘，有几个司机开到这里便停下了。富尔维奥让一侧的车轮压上人行道，猛踩油门，让水花向四面八方溅开，越过了这个差点没过保险杠的水坑。

"带我回家，富尔维奥。"

我执意要富尔维奥在下一个红灯处放下我，因为去我家的那条路上，下水道总会往外冒水。但一路上的信号灯都坏了，富尔维奥就径直往前开，他对他那辆越野车的性能和底盘高度充满信心。既然如此，我就请求他把我放在马术俱乐部，那里的餐厅会在晚上供应很棒的酸奶牛肉。

"这个男人是谁？"

"这是杜阿尔特，亲爱的。他是我在圣伊纳西奥最好的朋友。"

"那这个人呢？这是谁？"

"我已经给你介绍过了，丹妮斯，杜阿尔特是你喜欢的那个作家。"

"但是这个男人是谁？"

雷雨缓和了一些，剩下大风继续摇晃着路旁的杏树。我们又往前开了一小段，富尔维奥设法调节气氛。他说，丹妮斯读过各种文学，包括法语和德语的原版书，但她的专业领域其实是人类学。

"我没疯。"

"当然没有，丹妮斯。"

下水道并没有像我担心的那样溢水，我们正要开上通往我家的山坡时，响起了一阵低沉的爆裂声和挤压声，仿佛从地球深处传来的哀泣。在我们的右侧，前方几米处，是那些两百多岁的巨大榕树，其中一棵像在慢镜头中一样，缓缓折倒在路上，带着混凝土连根拔起。来不及刹车了，富尔维奥从正在倒下的树下面加速抢过，车一开过，树就倒在了我们身后。紧接着，他就停下车，去照顾他的妻子，她的身体不由自主地颤抖。他在她的包里翻找：

"药在哪里，丹妮斯？"

"我没疯。"

富尔维奥启动了车，全速冲上我家那条山坡，只有他的车灯照亮着路。他猛打方向盘，躲过掉落的树枝和一个折断的路牌，路牌搭在电缆线上，由电缆线勉强支撑着。终于，到我家了，但我没邀请他们进来，因为停电了，还得爬七层楼梯。

"谢谢你，富尔维奥，真是麻烦你。再次致以我的哀思，丹妮斯。"

正要敲门时，我还听见她说：

"这个疯男人是谁？"

- **里约热内卢，2019 年 2 月 9 日**

租金催缴通知

尊敬的先生：

　　特提醒阁下，依据民事诉讼法第 726 条（……）阁下曾签订房屋租赁合同（……）我们从房屋出租人处得知，迄今为止，2018 年 11 月、12 月和 2019 年 1 月的房租仍未缴付，依据条款（……）总金额现为 12772 雷亚尔，限阁下于 5（伍）日之内表态，采取必要措施清缴现有欠款（……）我们将有权依法采取措施（……）。相信您会理解并配合，如有需要，请随时联系我们。

　　此致

法务部

汉普郡保险公司

▪ 2019 年 2 月 12 日

　　我有预感，或早或晚，我总会回去和玛丽亚·克拉拉一起生活。不会太晚，否则她会觉得被当成了照护工，只为让我舒服地度过晚年。也不会太早，否则她就要觉得我离不开她，独自一人就无法写书。正想着她时，我经过了她家门前，碰上了我们的儿子。他跳下校车，故意放慢脚步，直到停在离我一米远的地方。我们相互打量了一阵，我庆幸他在一些细节上长得像我，甚至，在裤子里，他也把他的小弟弟摆在右边。他有可能像我当年一样，因为是班上唯一把小弟弟放反方向的人，而遭到同学的霸凌。但也没必要把小弟弟放回标准的位置，因为他有自己的人生，他独自一人回家，不用谁去拦，就在那里站住了。我和我儿子还没亲密到谈论这些话题的程度，于是，我说"嗨"，他用嘴巴对我放了一个屁，作为回应。然后，他向楼里跑去，跑到电梯前，把着打开的电梯门，仿佛是在挑衅我，要我跟他上去。毫无疑问，他想要我和他妈妈复合，就像我小时候祈祷妈妈回到家里一样。若他责怪我弃他的家庭而去，那也很正常，正如我会憎恨我的父亲，只因为他被母亲抛弃了。我既想要享受单身汉的生活，又和玛丽亚·克拉拉过不下去，这像我妈妈，她不安于待在我爸爸身边，就算用胶带都拉不回来。她甚至回来过几次，美貌分毫未损，但用不了多久，神秘的来电，夫妻在房门背后的争吵，就又都来了。随后就是她又一次消失，而我会从陌生人手中收到明信片，上面用她的字迹写着：妈妈爱你。这让我感到宽慰。她错在在生命的最后又回到家里，那时我几乎认不出那个掉光头发的人了。她不到四十岁，却看着像是我父亲的母亲。他用轮椅推着她，去沙滩上散步，或者去做化疗。他还带着她去俱乐部、展览会的优先场、音乐会和芭蕾舞表演，骄傲地让她出现在社交场上。不出几个月，他把她埋葬在施洗者圣约翰公墓，然后，不到一个星期，他就自行了断，和她葬在了同一个墓里。

- **2019 年 2 月 13 日**

　　啊，又是你。这次是什么事？我已经说过了，不行。我没有什么需要反省的。你这当然是在打扰我。我非常好，如果你真想知道的话。现在还没有，但他儿子曾起过疑心。当然，我和整个家庭都处得很好。我在这个家庭里，如果你想知道的话。还没有，但我们年底结婚。啊，杜阿尔特，那是不会比我们的更差了。当然，你蛰居在家，犰狳都没你宅。我？这一点都不好笑。你这家伙，我是不得不屏蔽你的电话了。我一点都不怀念，没人在悄悄看着你。我已经受够你了，杜阿尔特。我知道。什么崇拜者？别让我笑出来。你几百年屁都没出版过了。新的小说？你尽管出版，那里面全是些流氓和惨鬼，谁还想看这种书？攀附权贵，我？我出身可好了，你这个贱人，你知道我父母是外交官。拿破仑是个他妈的企业家，如果你想知道的话。嫉妒什么，他都不知道你是哪个。这不是你应该问的。我知道。有我和你，什么东西？我不再去想那些东西了，感谢上帝。我要挂了。给我停下，你这家伙，给我放尊重点。Never, my dear, no chance。够了，我要挂了。你说，我听着。你真不中用，杜阿尔特，我要挂了。

■ **2019 年 2 月 15 日**

　　任何地方的精英俱乐部都有自己严格的规则。打个比方，一个新贵要想进入乡村俱乐部，比骆驼穿过针眼都难。这个评价针对的应该是罗萨内的情人，而不是我，我从父母那里继承了会员身份，而且还颇得俱乐部员工的好感。然而，不久后我便明白，退会后的会员是被逐出天堂的天使，如果说他们还没蔑视我到极点，那是因为，我是富尔维奥·卡斯特洛·布兰科邀请来的客人。富尔维奥认为那是我妄想症犯了，在我们喝金汤力酒的露台上，那些俱乐部常客投来的目光中，他并没有看出什么敌意。他说甚至可能恰恰相反，是我自己怀着偏见退出了俱乐部，他妻子也是如此，她自己富得流油，却总跟富人过不去。事实上，我卖掉会员身份，只不过是为了对付我那烧钱的婚姻，毕竟，那时我和罗萨内一起住在莱伯伦海滩前，近乎破产。富尔维奥对算账充满了兴趣，问我出版了几本书，平均卖出了多少本，我分得几成利润，然后，即便算得是我往高报的数字，他还是为我微薄的收入感到遗憾。他推心置腹，说我的小说还有待改编成电影，他估计，如果有个好剧本、财政支持和宣发活动，一部电影可以挣个上百万。也可能不行，因为现在这种经济差的时候，省下几个钱来娱乐消遣的人，不会把钱花在国产电影上。不过，他的律师事务所不乏有权有势的客户，包括几家广泛涉足多个领域的跨国公司。只要一次愉快的谈话，他们就有可能达成合作，在国外制作这些电影。

太阳落山，会员们陆陆续续地离开了俱乐部，留下几位男士，神情凝重地挥别富尔维奥，健壮的小伙子们被优雅的姑娘挽着手，一边走，一边玩着手机。我笑着问自己，这些年轻人有没有踏进过书店半步，丝毫没留意到富尔维奥用一种眼神目送着他们：他们正和他儿子一个年纪。一段相当漫长的沉默后，他问一位服务员要了最后两小杯纯的金酒，营业时间即将结束，俱乐部的灯光已暗了一半。他红着眼睛，又说回了他的妻子，她这几年本来就患有神经症，现在她又无法走出失去儿子的痛苦。丹妮斯执意要丈夫提前退休，带她从此在山上的庄园定居，而不是把余生都用来为这些强盗打官司。在她看来，商业世界可怕而无耻，尤其是有政府插足时。富尔维奥尽管不总是赞成丹妮斯天真的观点，却也不住地谴责金钱的无所不能、社会的不平等和国家的其他种种弊病。

我喜欢走路回家，走出俱乐部时，我拒绝搭富尔维奥的车，他在庄园住时，也热衷于长距离徒步。对他来说，这个过程中释放的内啡肽和血清素不仅令人心情愉悦，还能提高智力：为一个复杂的案子准备辩护，朋友，这需要的创造力可不比写小说少。"写的时候想一想，这是一部动作片。"我们同时关上俱乐部的道闸杆时，他还在透过车窗对我说。快开到大路上时，

| 这帮人 |

他刹车，从车上跳下，朝着我的方向大喊："滚出去，流氓！滚出这里，烟鬼！"他一脸气急败坏的样子，像没看到我一样，经过我身边，走向一个靠在俱乐部墙边、躺在路上的男人。这人一张老印第安人的面孔，肋骨被人踢了几脚，因此起身时颇为艰难。他跟跟跄跄地走着，富尔维奥跟在后面，威胁说，如果他不从他眼前消失，他就叫警察来。那印第安人正要跑开，却脚下一滑伏在墙上，富尔维奥一把推开他，差点没把他摔在马路中间。这人摇摇欲坠地站在路沿，跌跌撞撞地转了一圈，试图找回平衡，但还是脚下不稳，又一次倒下，重重地砸在了墙上，仿佛要去亲吻墙面。这场面似乎激怒了富尔维奥，他又一次把印第安人从墙脚推开，横踢一腿，击倒了他。他又对着他的后腰踹了几脚，又踢了一脚他的脸，然后把这人扔在路中间，任他僵直地躺着，呼吸困难。富尔维奥刚转身离去，老印第安人就在路面上缓慢地滚着，又挪回了俱乐部的墙壁前，调整姿势，把臀部靠在了墙壁上。

▪ 2019 年 2 月 20 日

有些早晨，我会放下百叶窗，因为不想看见城市，就像许多年前，我不忍注视母亲的病容。我知道，有些时候，大海醒来时带着污水，浮着黑色或褐色的泡沫，浑水从山脚下一直延伸到沙滩。我知道，贫民窟的男孩们在这条连接池塘和大海的污水道里游泳、嬉戏。我知道，鱼在这个池子里窒息而死，腐臭味飘进高端俱乐部、高处的府邸和市长的鼻孔里。不用看也知道，人从高架上跳下，秃鹫在一旁静静地等待着，贫民窟里，警察开枪滥杀。无论如何，正如我尊重那个不慎生下我的女人，我被迫去爱，去歌颂这座我出生的城市。但今天，当下，我被困在这阴影里，我的书，它们包围着我，我的书，我的书，我在公寓的一个小房间里转着圈踱步，确定我将不再踏上这里的马路，哪怕是为了去找女人。我还想和朋友们保持距离，这也是因为我已经没有朋友了，而且也从未真正地拥有过朋友。年轻时，有那么几个人，可以说我重视他们的陪伴，甚至可以说我和他们以同样的方式思考，尽管这么说不完全准确。不一定要有个为什么、怎么回事，因为这或因为那，只要半分钟，多年的朋友就可以突然反目。正因如此，我学会了默默地爱那些我很爱但也不是全心全意爱着的女人。只是，今天，现在，在这里，我手指搭在键盘上，不想知道那些哪怕是重新回忆起来的东西，它们不管我愿不愿意，从孤独之苦带来的清醒中涌现了出来。

在这块待我写上小说的屏幕上，我起草了一条给编辑的讯息。

我亲爱的佩特鲁斯：

你给玛丽亚·克拉拉的信令我备感鼓舞，我要来告诉你关于我们这本备受期待的书的消息。我相信，若保持现在的节奏，让我隐居在公寓中，三四个月之内，这家伙就可以交付印刷了。可是，如果它那广受喜爱的作者被迫在最后时刻停止工作，沦落到无家可归的境地，与桥底下的乞丐同住（哈哈），那将太遗憾了。附件中是一份文件副本，那是我之前不幸收到的驱逐威胁。毋庸置疑，在我们成果颇丰的长期合作中，我从未欺骗过你，现在，得靠朋友你了，我需要最后一次提前支取我的稿费。

热切地拥抱。

▪ 2019 年 2 月 23 日

　　若从头说起，他那时还是个幼童，被热尔塞牧师和真福教堂欺骗，为迎合一位意大利指挥家的一时兴起，被弄成残疾。他那母亲，对教会忠心耿耿，还是指挥家的厨娘，她见过主人把手放在孩子的那些部位上，但毫不怀疑，他的意图远高于淫欲。对指挥家来说，他有义务保存并培养那天使般的嗓音，在巴西乃至全世界都独一无二，只有前几个世纪的欧洲奇才方能与之相比。歌唱生涯的开端的确令人欣慰，在法蒂玛圣母合唱团的大厅，他初次登台亮相，幕后，母亲为她那小子的表现流下了泪水，甚至原谅了指挥家的卑劣行径。以改善维迪加尔贫民窟状况的名义，热尔塞牧师以经理身份投入的最初几笔钱开始有了回报，而那对母子不久后就搬离那里，有了体面的住处。埃韦拉尔多·卡宁德的演唱会由室内管弦乐团伴奏，在被几座私人府邸垄断之前，曾上演于音乐厅、小教堂、精英俱乐部，任何地方，只要那里有人如饥似渴地向往着高雅文化。那母亲向化妆室索要花束、美酒、乳酪、番石榴果酱、海绵蛋糕和巧克力蛋糕，满心欢喜地看着她那小子节节高升。不过，热尔塞牧师已经留意到，席间偶尔发出几阵嘲笑，更不必说，肥胖使这位歌手步履蹒跚，而他那优美的声线却轻盈灵动，二者极不相称。任何饮食控制方法都解决不了问题，这是因为随着年龄的增长，他的荷尔蒙逐渐失调，这不仅给他带来了那个大肚子，还让他长出了肥胖的乳房。与此同时，牧师兼经理人物色新苗子已经有一段时间了，那都是些穷人家还没发育、骨瘦如柴的小男孩，他们被送往指挥家的住处，由他评估。那少数几个被选中的孩子，可能还不能明白等待着他们的阉割，也猜不到乏味艰辛的音乐学习将夺取他们的少年时光，但若不是因为母亲的要求和邻居的叫好，一些本能的恐惧也可能使那些小孩抗拒牧师的手术刀，或是指挥家的指挥棒。就这样，一天，埃韦拉尔多·卡宁德看见另一个小男孩出现在音乐厅，他来自巴比隆尼亚贫民窟。他的名字叫埃塞基耶尔，他已在排练厅的钢琴前站了好几个小时，反复唱着那几首他偶像般的嗓音唱出来时备受欢迎的咏叹调。埃韦拉尔多的母亲预感到威胁，她攻击那背信弃义的牧师、恋童癖指挥家和埃塞基耶尔那衣衫褴褛的母亲。儿子好不容易拉住了她，他明白剧团的明星总需要一个替补，这样就能在他生病或有其他不可抗力的情况下临时顶上。确切地说，维迪加尔的小子没什么好担心的，因为巴比隆尼亚的小孩离他的水平还差得远呢，至少在懂行的听众听来是这样的。从排练厅里流淌出的声音之所以令他不安，是因为这声音与其说是对他的复制，不如说是对他的戏仿。尤其是在最低的音域，埃塞基耶尔的歌声仿佛在刻意放大埃韦拉尔多·卡宁德那些难以察觉的缺陷，即使这些缺陷细微到甚至可以逃过阿米尔卡雷·菲奥伦蒂诺指挥家那有绝对音感的耳朵。他的声音已经像真正的女高音一样了，得承认，这样的模仿是最可恶的，因为模仿得近乎完美。埃塞基耶尔连对手最厉害的高音也唱上去了，并能用气息维持着一个又一个纯净优美的音，尽管不是尽善尽美。就看这个小男孩如何面对被著名独唱家迷住的听众了。我们这小子的母亲也还可以回头去借助马孔巴的力量，施法让那位新手双腿发软、咳痰或是腹泻。

也有那一类很清醒的梦，你知道那是个梦，但看不到梦的出口。或者，你看到了，但不想出去，或者你出去了，又立刻回来，因为外面太荒诞，或者你企图照你的意愿去指挥那整个梦，仿佛你是梦的导演。今天清晨，我做了这种梦，梦里我在找一个伴儿，目光落在了巴黎广场上一个高挑优雅的混血女人身上。"多么荣幸"，当我系上她的腰带，打手势叫了一辆出租车时，她说。来的不是出租车，而是一辆警用面包车。车上下来了四个军警，他们用繁复的礼节向我致意，因为他们从电视上知道了我：不是什么时候都有机会给诺贝尔奖得主开顺风车的。我说，希望没麻烦他们，然后靠在警车的后面，爱抚伊恩格丽德（那姑娘这样写她的名字）丰满而坚实的乳房。我虽然成名了，但还没有赚到大钱，对我的预算而言，伊恩格丽德看上去太奢侈了些。进家门时，我问她多少钱，她挤出一个眼神，说这要取决于哪种服务。"哪种服务"还盘旋在我的脑海里，她就叠起腿坐在了沙发上。她问我要香槟，但也满足于喝西番莲力娇酒，在丝质背带裤的缝隙里，她狡猾地露出了大腿，腿上没有一点脂肪。她要我打开音乐，但我有的只是一个收音机，在那个时间段只能播放福音音乐。她在房间里漫无目的地走着，手上拿着高脚杯，臀部随意地摇摆着，并不刻意做出诱惑的样子。仿佛是漫不经心地，她走向窗户，去看风景，并用手抚弄着柔软顺直的头发，这时我恰好从她身后接近，去轻咬她的后颈。"别急，帅哥。"她说，她要求去一下浴室，然后，浴室里传出来奇怪的声响。她回来时便只穿了内裤，两腿之间

这帮人

有一处隆起，我看见了它轻轻地颤动。那现在呢？那现在，不知道。我可以让这个骗子好好难受一番。但既然我不是大男子主义者，也不厌女，更不恐同，我也就不会和这个不男不女的家伙动手，再说，她也比我强壮。鉴于我们从市中心远道而来，既然两人都已经在床边半裸着了，并且考虑到梦是私密而不可侵犯的，我想也许可以尝试一下这件事。我只是不知该从哪儿开始，以及还需重拾业已退却的激情。比起两腿间被遮住的隆起，更让人欲念消退的还是那对畸形的膝盖。当她凑近给我一个舌吻时，我闭上了双眼，努力回想那条连衣裙。这时，房间里响起了窃窃私语，我听出是邻居在聊天，仿佛是在我的公寓里开一个居民会议。根据我的理解，他们决定把这个异装癖赶出圣欧热内大楼，不管我意见如何。他们把伊恩格丽德拖出旋转门，我父亲从那门里穿过，他是我梦中反复出现的入侵者。他在房间里漫步，仿佛跟着她的脚步，但他结实的身体穿着法官的长袍，一如既往地咂着舌头，发出表示责备的啧啧声。我紧抓住他的衣领，看向他右边太阳穴的洞里，他杀死自己时，子弹就从那里进去。我认为他想要我取出子弹，但我从洞里只看到了一块骨头，骨头的中间有另一个洞，里面填着一团粉红色的东西，那应该是骨髓。我正要去找放大镜，楼下传来了一阵喧哗，我透过窗户，看见伊恩格丽德穿着内裤站在路上，被手持棒球棍的居民围在中间。"现在我受够了！"我对他们喊，但父亲关上了百叶窗，给了我一记弹脑崩儿，命令我回到床上去。在床上，我梦见，我在找一个伴儿，目光落在了巴黎广场，一个高挑优雅的混血女人身上。

■ **2019 年 2 月 26 日**

　　喂。你好。我是。可以。现在是什么意思？说快点，我要困死了。今天我会在的。在他家里。啊？我？那里和这里。这里我更多是当工作室用。对的，在我工作到更晚时。说到这里，你还欠我些租金。不，不行，你用银行转账，你有我的账户。知道了。挺好的。现在我要睡下了。像一直以来那样。啊？当然，在我们的床上，不然我睡地板上吗？这我可没说。不关你事。好，是只穿了内裤，然后呢？啊，是吗？现在太晚了，流氓。你乐你自己的去吧。什么人偶？啊，你是在说那个雕像啊。有什么呢？你才不可理喻。什么布啊，我才不用布裹我的总统。你想来烦我男人？别上门来找我。听着，我要睡觉了。想都别想。夜间门房会奉命把你拦在外面。我已经换锁了，如果你想知道的话。我要挂了，你这家伙。我要挂了。知道。知道。看在上帝的份上，杜阿尔特，让我睡觉吧。挂了，再见。

▪ 2019 年 2 月 27 日

　　杜阿尔特看向下方，犹豫了一下，然后，在千钧一发之际，放弃了从四五米的高处俯冲而下。海浪预感到了，像马一样，拒绝没有信心的人凌驾于它之上，并把他驱赶下去，让他险些摔断脊椎骨。于是，杜阿尔特让自己在波涛起伏的水面上多待了一会儿，那道海浪里，正积蓄着力量，准备给出一记重击。一点一点地，他游泳和海水上涌的速度逐渐同步，然后，他被一个、两个、三个海浪超过，接着，被四散着退去的水流带着退后。他用全身的力量挣扎，直到他停下动作前的一瞬间，双臂甩向身后，露出头，然后仰着头，在泡沫上漂浮着，一直漂到岸上，胸部几乎擦到沙滩上去。他一战胜海浪，就又一次次回到巨浪之间，很快，对他而言已经没有什么海浪是凶险的了，他能驾驭任何海浪，甚至背对着浪来的方向也可以。海水浴场里的人们不敢相信，这个健壮的男子已年过六旬，他正回想着还是个海滨少年时的一幕幕经历。杜阿尔特深陷其中，他决定，明天要带儿子过来，因为这孩子一直被妈妈过度保护着，再这样下去，他连在游泳池里浸湿一下脚的机会都没有。他想象儿子被爸爸吸引，把他当作榜样，在儿子那个年纪，他早已对冲浪的技术稔熟于心，到了足以被人们称为"鳄鱼"的程度。又或许，他会迷上在视频里看夏威夷的巨浪，在生日请求妈妈买一个专业冲浪板和那种橡胶衣。啊，对父亲来说，还很难说服儿子，驾驭海浪的关键在于熟知水性，像他以前那样，赤裸着胸膛，连木板都用不上，更不用说那些滑稽可笑的脚蹼了。没有哪个做儿子的能忍受"曾经"、"以前"、"我那个时候"

的夸夸其谈，很快，这小子就会脚踩冲浪板，从浪尖直冲下来，在海浪的上方腾空翻跃，从卷成管状的海浪里穿过而身不沾水，而不是像父亲一样落入水中。但愿他变得出名而富有，杜阿尔特心想。他游得累了，漂浮在水上，注视着没有云的天空，除巨浪翻滚外，一片宁静。正是在那里，还是个小男孩的时候，有一次他以为可以在海里站起来了，但脚没能碰到地，失去了向上起来的力，灌了几口海水，慌乱了起来，他浮出水面，只看见那没有云的天空，挥舞着手臂，仿佛在告别。比淹死更糟糕的是那份耻辱，他被一个比他小的男孩用手托举出水面，然后安稳地放在沙滩上，暴露在众人少见多怪的目光下。回忆着这些，杜阿尔特迟迟未意识到，他被一条倾斜的水流带走，不仅远离了沙滩，而且靠近了山脚下的岩石。正想与海浪对抗时，他抽筋了。右边大腿的肌肉收缩，使他无法再浮在水面上，更无法游泳对抗那股回流的海水。他垂直浸在海水中，海水淹到了嘴，他尽可能地喘息，接着就吸进了水，呼吸困难，看到一片漆黑。他想着，人在最后的时刻，会在记忆的回放中重新经历他的一生，但唯一进入他记忆的，却是一张在沙滩上拍的黑白照片：他穿着尿布，在身着连体泳衣的母亲怀里，那是世界上最美丽的女人。

▪ 2019 年 2 月 28 日

    在医院过夜后，我回了趟家，换上短裤，回到沙滩，在救生点的瞭望台上找到了救我命的那位救生员。那位阿热诺尔中士是个大概四十岁的帅气黑人，尽管他们黑人看上去一般都比真实的年龄要年轻。他接受了我的握手，站都没站起来，任由我坐在他边上的一把铝制椅子上，并拒绝了我递给他的五十雷亚尔，说这是侮辱他。他的脖子上挂着一副望远镜，指着一群像小舰队一样飞成"V"字形的海鸥，对我担保说明天会变天。之后，他低头看手机，花了相当长时间收发消息，对着一些笑话发笑，也可能是在笑口味奇特的性交场面。我感到自己在那里是多余的，就再一次感谢他救我的命，然后道别，托词说我得去工作了。本来，他看我的外貌和来沙滩的闲暇时间，以为我是退休了，但他看起来不打算再聊下去：

"上帝与你同在。"

他已经又回过头去看手机了，但我临走前跟他说，我是个作家，这引起了他的兴趣：

"记者？"

"我写书的。"

"写纪实的书？"

他应该是兴奋地期待着接受采访了，为了不让他失望，我对他保证，我还可以把他写进小说里，这也不是撒谎。

"你想讲一讲我的故事吗？"

"我还可以给你编一些故事，要是你允许的话。"

"那如果我不喜欢呢？"

"那我就换个人名。"

"那你也编你自己的故事吗？"

"当然，在我的书里我想是什么人，就可以是什么人，我甚至可以把你从溺水中救出来。"

"你在书里是白人还是黑人？"

"啊？"

"是黑人还是白人？"

"好问题。"

我意识到，我从不在书里特意说明我的肤色。这挺奇怪的，在一个几乎所有人都是黑人或混血儿的国家，却没有作家会写"今天我遇到了一个白人……"，或是写"一个白人对我打招呼……"，或"那位阿热诺尔中士是个大概四十岁的帅气白人，尽管他们白人……"。

"我更喜欢看电视剧，但我夫人很爱看书。"

"那她喜欢读什么呢？"

"那只能跟她聊了。想来我家小屋里看看吗？就在维迪加尔那里。"

"那是我的荣幸。"

"随便哪天我换班的时候来。咱们坐我的摩托车去。"

"太好了，我会带一本我的书给她。"

"她会为我是作家的朋友而骄傲的。"

"她会为你救了一个作家的命而骄傲的。"

"这儿，你看她。"他说着，递给我手机，"如果可以，你把她也写进书里。"

是一个长着雀斑的红头发女孩。

"只不过，我不想你改变丽贝卡的肤色。"

▪ **2019 年 3 月 2 日**

亲爱的杜阿尔特：

在开始之前，先为这封信的外观向你道歉，我用的是你们善良的门房笔记本里的纸，正反面都写了，他还让我坐了他的椅子。我本想与你面谈，但他用门铃对讲机呼叫之后，却告诉我你家没人。最后，我觉得倒还不如在信里谈比较舒服，好比我总是更善于表达工作上的事。我只是感到忧虑，那天晚上，是否有些事情让你感到厌恶，但因为我喝醉了，所以我记不起来自己是否失礼了。自那个星期五以来，我想与你谈的，都只是合乎你利益的事情，仅仅如此。但因为你没有像约定的那样出现在俱乐部，我就试图通过你的编辑找到你，但他没回复我的邮件。昨天，又是一个星期五，我又等了你一次，然后，今天，我在丹妮斯的执意要求下，擅自来家里找你。若不是有一个成了杰出作家的同班同学，我十分骄傲，我是不会这么煞费苦心的。丹妮斯也觉得，看到你这样的才子徘徊在贫穷的边缘，我不能只顾自己舒服，袖手旁观。你看，我正好有一个客户朋友，很巧，他和洛杉矶的一个电影制作人走得很近，那位制作人经常投资低成本电影，包括由拉美文学改编的剧本。你的书还没有英文版，这真是遗憾，但如果你提供一部你作品的译本，或至少给一个概述，那位制作人答应会看一看你的素材。我不打算再纠缠你。如果你需要任何别的东西，或者哪怕只是想喝几杯，请记得你总有个朋友可以联系。我把客户的名片也附在这里了。祝你好运。

| 这帮人 |

致以拥抱，并向夫人问好。

富尔维奥·卡斯特洛·布兰科

▪ 里约，2019 年 3 月 5 日

（忏悔星期二 [1]）

亲爱的玛丽亚·克拉拉：

　　直到今天，虽然窗外还传来鼓点声，但我终于能回复你一月中旬给我的来信，主要是之前我一直忙于我的小说。我估计，

1　忏悔星期二（Terça-Feira Gorda）是狂欢节的最后一天，基督教四旬斋开始的前一天，其具体日期随每年复活节的时间而变动。

三四个月之内，我就可以把它寄给编辑了，当然，我不会忘记先让你检查一遍，如果这对你来说不太过麻烦的话。你没逼迫我还法律上的债务，我已经感激不尽了，等我的书一出版，我一定至少会还上食宿费用。我确实遇到了困难，我也不怀疑，在门房之间的闲话中，你已经知道了，我现在是一个付不上房租的租客。很快我就必须搬到一个相对负担得起的公寓，去很远的街区，但在那之前，我一定要先满足自己对你做的波伦塔[1]的思念，但愿还能与你做的马黛茶的苦味相调和。

　　儿子一定跟你说过，几天前，我们见了面，就几分钟。看到他长高了，长大了，懂事了，我的心都化了，但同时也更加悔恨，身为父亲，自己在过去这段时间里一错再错。作为一个糟糕的丈夫，我知道，已经没有补救的余地，但现在，既然我一个人独自生活，而且也没有阻碍，我想要重新和孩子建立情感上的联系，这种联系在我和我父亲那里是缺失的，我和他都不会相互亲吻。但如果我不能在床上哄我的儿子入睡，给他唱走调的摇篮曲，亲吻他的额头，我便不能原谅自己。

1　波伦塔（polenta）是一道起源于意大利的菜，由煮过的玉米糊做成。

Last but not least，我要给你一个挑战。你已经不用再向任何人证明，从英语译到葡萄牙语，你是最优秀的译者。现在，是时候挑战你职业中的一项禁忌了：我提议你尝试反向的翻译。既然有一些作家是直接用外语写作的大师，又有什么能阻止你把母语的文章译为英语呢？你可以反向操作，就算只是为了挑战，就像，比如说，一个自由泳的奥运冠军，努力在仰泳比赛中获得奖牌。这几天我们可以来讨论这个想法。你还留着我的小说吗？

吻你。

P.S. 看我在我的电脑上发现的情书。那是二十个狂欢节前写的。我当时寄给你的手写版本，你一定没保存到现在。

▪ **里约，1999 年 2 月 12 日**

可爱的玛丽亚·克拉拉女士：

　　感谢你还给我上一封信，还恰当地删改了它。你没有像对待前几封信那样忽视这一封，单是这一个事实，就已经足以安慰我可怜的心。我虚心接受你公正修改中隐藏着的那些讽刺，希望这一次能让你的工作量少一点。我想，你应该认为我那些异想天开的文字很可笑，但能有机会让哪怕是一点笑容从你的唇间露出，就已经又一次安慰我这颗备受践踏的心了。

我不指望这几天在里约的狂欢节上看到你，因为我知道你家在哪儿，南方来的女士是不会在大街上的游行队伍里蹦蹦跳跳的。我将会孤身一人，悲惨地，发着高烧，在床上一直躺到圣灰星期三[1]。到那天，我会又一次装成访问教授或大龄学生，来到你学院的门口，你那小男朋友在装着不透明玻璃的车里等你，我就躲在他的视线之外。中午时分，你匆匆经过我身边（米努阿诺[2]？），我将什么也不说，飞快地把我今天给你写的信放进你的口袋。我尽可以梦想，有一天，你会赏光停下几秒钟，腼腆地向我微笑，轻轻递给我一张精心写就的纸条，还担心着自己犯了某个低级的葡萄牙语错误。然后，如果你继续沉默，拒不给我私聊的机会，我就有更多的理由感谢你了。因为这样的话，我将受到鼓励，给你写很多情书，以至于到千禧年时，

1　圣灰星期三（Quarta-Feira de Cinzas）是忏悔星期二的后一天，即狂欢节结束之后，四旬斋开始的第一天。

2　米努阿诺（minuano）是在巴西南部的南大河州和乌拉圭刮的一种西南冷风，有时会发出呼啸声。这种风得名于原住民米努阿诺人，在该地的高乔民俗文化中常被提及。

我将已成为一个真正的作家，一部书信体长篇巨著的作者。还有：既然所有的情书的确都是荒谬的[1]，那么全都出自一人之手的更是加倍荒谬，在赞美玛丽亚·克拉拉女士的过程中，我将会写出一本荒谬文集。

带着我热情燃烧的心。

杜阿尔特

1　这句话中引用了葡萄牙诗人费尔南多·佩索阿（Fernando Pessoa）以异名阿尔瓦罗·德·冈波斯（Álvaro de Campos）写的诗《所有的情书都是荒谬的》（Cartas de Amor são Ridículas）。

- **2019 年 3 月 6 日**

　　我正从家里出来，下楼去把我的信放在玛丽亚·克拉拉的门房处，意外撞见了封路，与一阵喇叭声。我还想，这又是狂欢节的节后游行，但并不是。在她那栋楼前的路中间，斜停着四辆警车，车顶闪烁着红蓝色的灯。更低一些的地方，我看见停着的汽车排成了长队，其中有我儿子的校车。我儿子就在那里，我傻傻地对警察说，后者用枪托拦住了我的去路。我与其他居民和路人聚到了一起，还有个骑摩托车的送货员，他停在日本领事馆的围墙后面，从领事馆里，可以看到玛丽亚·克拉拉住的那栋楼的一部分。"那里面有个劫匪，挟持了一名人质。"一个人小声告诉我。环绕着我的窃窃私语，让我觉得仿佛置身于电影拍摄现场，或是仿佛在观看电视剧的外景拍摄。路上一片寂静，唯一响亮的声音来自一个警察，他的声音从扩音器里传出，向这次行动的主角发出指示。他建议劫匪平静地离开大楼，不要伤害人质，信任司法当局。这些话与扩音器里的金属碰撞声显得极不协调。透过大门的玻璃往里看，我现在看到了两个人影，据边上一个秃顶壮汉所说，这就是那个歹徒和门房。这个大哥还低声说，这起抢劫是由一个邻居告知警方的，起因是这栋楼里一个女住户大喊救命。我不允许自己去想玛丽亚·克拉拉，她在这整个街区，应该都是最后一个被抢劫的，因为除了书，她家里没放任何贵重物品。现在，我已经可以在大门的出口处看到那个蒙面的混血儿，他从背后制服了门房，左臂锁着他的脖子，左轮手枪的枪管顶着他的右耳。这样纠缠着，两个人小步走到大楼和对着马路的大门之间的小门厅，那里，四名警察拿着步枪，枪口向下，等着他们。扩音器命令他和人质一起躺在地上，放下武器，但两人继续拖着步子往前走，一直走到大门。歹徒用左轮手枪顶了顶门房的耳朵，仿佛那枪是一根棉签，门房启动了大门的远程控制。他们踏上马路时，一众警察往后退了两步。两人又前进了一步，警察又后退两步。在那里，歹徒看了看左右两边，看了看身后的大楼，现在，情况很明了了：他是个业余的，没提前想好逃跑的计划。他完了，送货员说。显然是为了投降，劫匪松开了门房，放下了武器，但就在一瞬间，他的脑袋猛震了一下，硬挺挺地倒在地上。是他的额头上中了一枪，也许是附近某扇窗户里的狙击手射的。他平躺在地，随即遭到了更多近距离的射击，整个身体都在抽搐。他停止挣扎之后，那些警察还在继续射向他的脸、肚子、胸部、脖子、头，他们把他杀死了许多次，就像用拖鞋拍死一只蟑螂一样。在叫好声和掌声中，围观者从楼里和车上下来，跑到这一行径发生的舞台。拿着扩音器的那个警察猛地一下抽掉那人染血的面罩，从他变形的脸庞中，我极不情愿地认出，他是我的熟人，那个遛狗的人。警察未能阻止在场的人去踢他

　　　　　| 这帮人 |

的身体，我正颤抖着，看到我的儿子走来。我成功把他的注意力从死者身上移开，但他只想去警察那里，他们正摆着姿势，和崇拜者一起自拍。我把他从那里拽出来，拉着他的手臂向楼里走去，电梯里已经传出了他那条狗的叫声。我按门铃，没人应我，我大喊"玛丽亚·克拉拉"，问孩子没带钥匙吗，但他没能在书包里找到。我继续不断按门铃，用拳头砸门，孩子放声大哭，拉布拉多不停地吠叫。我扑向那扇厚实的木门，直到玛丽亚·克拉拉半开了门，她的脸色比她平日的那种苍白更甚。她裹着一块浴巾，头发上的水往肩膀上滴，她看着我，仿佛不知道我是谁。她看了看儿子，含糊地说了些话，但他已经去和狗抱在了一起。狗被关在小房间里，那是我以前的书房。客厅被翻了个底朝天，挂画扔得四处都是，沙发从墙边移开了，厨房里，就连冰箱也倒在了地上。回到她的房间时，玛丽亚·克拉拉允许我看她后背上的抓痕，她的后背，那后背，近乎透明的皮肤上的一道道红色抓痕。

由门房陪伴着，两名警察走进房子，喊住户出来，差点没破门而入，房里的玛丽亚·克拉拉当时应该还是赤身裸体。她正在穿衣服，我解释道。看我挡住了去路，他们让我出示了证件，并粗暴地问我在这里做什么。我可能会被当作共犯嫌疑人给抓起来，如果不是门房的证词救了我，他说看见我是在警察的行动之后才和儿子一起上来的。我本不应该在当局之前进入现场，一个最恼羞成怒的警察坚持道。对此我反驳说，是他们在下面和粉丝合影，延误了时间。我准备因不服从警察而被捕，而此时玛丽亚·克拉拉穿着一身黑出现，令氛围严肃了起来。她径直走向小房间，在那里，儿子还和狗黏在一起，她蹲下，想要亲吻他，却被他的一阵小声嘟哝推开了。少校告知我们要撤离现场，封锁这里并维持原状，等专家小组来。好吧，我可以让一家人住在我家。但少校又告知，玛丽亚·克拉拉女士需要一起去警察局，为刚刚发生的事做笔录，并检查物证。尽管玛丽亚·克拉拉不愿意，但少校说，这是法律要求的。其实玛丽亚·克拉拉并没有什么要指控的，因为那个可怜鬼对她所做的一切，仅仅是弄乱了她的家，为的是寻找一只并不存在的保险箱。她也不好惹，她就算再脆弱，也是个会往押着她肩膀的少校嘴里吐口水的女人，倘若她当时看到少校对地上那具僵死的尸体打完了子弹。我更理智一些了，但看到我的玛丽亚·克拉拉在那个条子手里，我不知道，这是否真的不比想象她被侵犯更残忍。

一条黄黑相间的带子围住了马路，但尸体已经被搬走了，交通恢复正常，那里只剩下两辆警车，还有十来个看热闹的。玛丽亚·克拉拉用包挡着脸，走出大楼，和少校一起，在开着警笛的车后座坐下。少校邀请孩子也一起进来，但他拒绝了，并在狗身上坐下，狗倒是很想兜风。那个有点神经质的警官命令小伙子一次选好：是跟妈妈一起去，还是跟爸爸一起待着。

"我跟着他"，这小伙子说，他指的是狗。最后，大家还是都上了车后座，少校、妈妈、儿子和拉布拉多，车窗里，拉布拉多吐着舌头，仿佛在嘲笑我。

■ 2019 年 3 月 9 日

　　我不太喜欢把事情搞得很有戏剧性，因此，等了几天才去见玛丽亚·克拉拉，这没什么不好的，她看起来又容光焕发了。在厨房里，她给了我一杯咖啡，也是在那里，她准备谈谈她新的文学计划。这个主题总是一再出现，以前，我只是假装在听她说；然而这次，我满怀困惑地听见她说，在年复一年地与当代英语文学打交道后，作为消遣，她给了自己一个挑战。不多不少，她用的就是我那封信里的词，在那个不幸的日子里，我再没有兴致把那封信给她。看起来，三年的分居并没有抹去我们十三年婚姻的痕迹。我们之间始终有那种默契，且不说是心灵感应的话，我们曾常常笑得停不下来，只因惊讶于我们同时说出了一样的话。现在，只差玛丽亚·克拉拉说要把我的某部小说译成英文了，但并非如此。人生中第一次，她敢于去翻译诗歌，而且还不是浅尝辄止：她计划翻译威廉·莎士比亚作品全集，也许还是译成17世纪的葡萄牙语。我一口气喝完了咖啡，然后说："好极了。"为了不显得太简短，我又补充说，比这更大的挑战，就是……把卡蒙斯翻译成英语，她接上了我的话，自己笑了。她走出厨房，不停地说着，也许没有注意到，她把我领进了我们的夫妻卧室，如果可以用这个名字叫它的话。她向来喜欢在卧室打造她的工作环境，书架、放着电脑的写字台，以及紧贴床放着的人体工学椅。她有时筋疲力尽，就不换衣服，直接从椅子挪上床。她习惯于交替着翻译两个、三个或四个作者，读他们的书时，她露出微笑，发出惊叹，这让我嫉妒得咬牙切齿，因为在读我的作品时，她并没有这样的反应。不少时候，我要躺下了，她还在辛苦地工作，于是我被迫和摊在那里的书同床共枕。那些英国和美国作家的淫乱狂欢，我如此揶揄道，以此来分散我那可耻的嫉妒。今天，至少，床上那些书的作者是一位我宁愿不与之相比的诗人，这甚至也是因为，没人能确切地知道，谁是他那些作品的真实作者。我也不反感听玛丽亚·克拉拉盛赞她刚拿到的那些悲剧、十四行诗和韵文，因为在她的设想里，她并不想放弃译出韵脚和格律。她一边向我展示她书架上的那些经典，一边说着这些，尽管天不冷，她也用一条针织毯子盖着她的背，那洁白的后背，前几天我还见过它被抓破的样子。我差点求她让我再看一次，但她正向我指着贴近天花板的书架顶层，那上面没有放书。那里只有手工艺品，和一处她想展示给我的新变化："你高一些，可以帮我拿一下我的工具吗？再里面一些，在那个拉手风琴的小人后面。"她说。我伸手向那里面到处摸索，然后，摸到了一个冰冷的东西。一看，那工具是一把左轮手枪。和我父亲那把一模一样的左轮手枪，那枪差点从我发软的手里滑落："这是什么，玛丽亚·克拉拉？""这就是这个。"她说。然后她笑道："别跟我说你

| 这帮人 |

怕这个。"

　　我与她道别，和狗在门口纠缠了一阵，狗执意要和我一起走出公寓。"亲爱的！"玛丽亚·克拉拉说，她迅速纠正过来："杜阿尔特！"她从房间里出来，拿着项圈和狗绳，狗很高兴地套上，前爪搭在她的大腿上。她请求我带它去遛一圈，若这不太麻烦我的话。反正我经常在那里随性地散步，那么最理想的就是我每天去遛它两次，她说，因为孩子只有在心血来潮的时候才去遛它。她建议我走楼梯下去，因为房屋管理员只允许宠物被抱着坐电梯。"杜阿尔特！杜阿尔特！"我已经往下走了一段路时，她又叫住我。然后，她往楼梯上扔了一个蓝色的小塑料袋："这是装它便便的。"

▪ 2019 年 3 月 16 日

　　拿破仑不想再要孩子了，现在这几个已经够他忙了。他没说，但对前妻来说，肯定不同意多出一张嘴来瓜分遗产，这毋庸置疑。凭我是第一情人，我可以去跟那个老女人对峙，但我宁愿维持和谐的局面，让自己重新去采取避孕措施。我知道有些成熟的男人会拒绝使用避孕套，也许是因为这让他们联想到妓院里初试云雨的创伤经历。比如，杜阿尔特就是这样，在我唯一一次有机会给他一个避孕套时，他感到被冒犯了，觉得仿佛被指控患有某种见不得人的病。但拿破仑则相反，也许是怀念那些妓女了，我们第一次约会时，我让他别用，他却不行了。然而，用上以后，我必须承认，我的愉悦感超出了想象，以至于不经意间呻吟道：杜阿尔特……他停下来，问我是否还想念那个混蛋，这让我从今往后都刻意控制着我说出口的话。一段时间后，他压力很大，或许是因为生意，或许是因为儿子，又或许是因为儿子的生意，也可能单纯只是那些药物还没有产生效果，拿破仑进入了一段性欲低下的时期。直到有一天，他垂头丧气地坐在床上，喃喃地说，想让我再用那个名字叫他，从此杜阿尔特成为了我们之间一个有魔力的词。我和其他伴侣也已经有过类似的桥段了，我不是指那些军装或女仆装之类低俗的恋物癖。有时候，仅仅是换一下名字，就足以让男人尝到戴绿帽的快感，而不用真的被戴绿帽。杜阿尔特这种人，他时不时地让我叫他泽齐尼奥、热拉尔多、蒂比里萨，都是些想象出来的名字，或者，谁知道呢，也许是一些足球运动员的名字。还有几次，他让我自己来编他的昵称，毛里西奥、贡萨尔维斯、内冈。有一次，我叫了他富尔维奥，他惊恐不安地盯着我，逼着我发誓我不认识任何叫这个名字的人。我不是要谋划什么，但将来哪天，如果机缘巧合之下，我有机会和他复合，我要试一试叫他拿破仑。

▪ 2019 年 3 月 23 日

　　喂？喂？你好，混蛋。我听不到你说话。混蛋？喂？信号不好，混蛋，等我出去接。好了，什么事？啊，又来？我还以为有重要的事。知道了。但不能一直说，我在他家里。认真的，你到底为什么怀疑我？好了，杜阿尔特，广场上少不了缺钱的单身女人。随便哪个啊，为什么一定要是我？神经病，我？是你在床上像个黑猩猩，像个倭黑猩猩。我得进去了，杜阿尔特。

他们在等我。改天，也许。上星期本来更容易，他那时和儿子一起去旅行了。我会考虑的。但只限于你是来喝威士忌的，仅限于此。哈哈哈，喜欢我叫你混蛋？明天我不行，打电话也不行。整个星期我都排满了。社交的，工作上的，一个接一个。下个星期天？我觉得可以。你等着，31 号我要去瓜纳巴拉宫[1] 参加晚宴。为什么就无赖了？现在你看谁都是法西斯分子。你认识他？因为他们超级好。我被叫去是为了翻新瓜纳巴拉宫里的家具，只是告诉你一下。你个傻子，拿破仑跟这没关系。你还是老样子，只想贬低我。你是个失败者，杜阿尔特。Loser，你就是个 loser。滚开，杜阿尔特。给我彻底滚开，别再回来。

---

1 瓜纳巴拉宫（Palácio Guanabara）是巴西里约热内卢州的州政府驻地。

▪ 2019 年 3 月 24 日

丽贝卡是个二十出头的白皙女孩，说葡萄牙语带着口音，当她看到我坐在摩托车后座上过来时，对阿热诺尔发了火。如果她提前知晓，应该打扮妥当，再来迎接如此尊贵的访客。她穿着一条白色热裤，臀部沾着泥土，因为她正忙于照管社区果蔬园里的孩子。她请求我别看房子里乱糟糟的样子，吩咐阿热诺尔拿些东西来招待我，然后就上楼去洗澡了。

他们住在贫民窟山坡高处那栋所谓的"小屋"，是一栋三层高的砖房，带一个石棉顶篷半遮盖的露台。在通向它的小巷里，房子上绿黄相间的瓷砖外立面就已吸引了我的注意。屋里很热，但阿热诺尔打开了屋顶的电扇，给我一杯冰啤酒。透过窗户，能远远望见莱伯伦、伊帕内玛和阿普多海滩，以及，傍晚时分点缀着粉红色云朵的天空下的海洋，还有海上的岛屿和船只。

　　"这个地方，拿什么我都不换。我在这个山坡上已经搬过四次家了，每次结婚都换一个房子。丽贝卡也是，拿任何女人我都不换。"

　　我相信他，因为我注意到了，他刚刚看着她上楼，现在又看着她下来，眼神里充满爱意。丽贝卡来了，穿着一条印花裙子，和一件印着"Hocus Pocus"[1]的短袖上衣，她的红头发卷曲而潮湿。收到我的《宫中阉伶》签名样书，她喜出望外，问我"宫"这个词的意思。尽管在词汇上还有些小困难，她已经能很好地运用葡萄牙语口语了，并向我承诺，会开始读我的小说。她评

1　"Hocus Pocus"是魔术师变魔术时为转移观众的注意力而念的咒语。

论道，若根据书勒口上我的照片来看，这一版应该很老了，照片上面我的头发还是黑的，眼睛里还有光，而现在已经没有了。封面上有一张失焦的照片，拍的是剧院的舞台，这让她想到了美国作家 H. 巴尔萨泽的一部小说，她是他的超级粉丝。我不认识他，这让她觉得难以置信，不过，她只推荐读他的原著，因为听大家说，巴西的译本不尽人意。不，她不是英国人，也不是美国人，是荷兰人，来自乌得勒支，英语在那里是第二语言。

"跟我们的作家讲讲孩子们的这所小学校。"

"我的爱人是个傻瓜，他相信您会写一本关于我们大家的书。"

"丽贝卡有四十个英语课的学生。"

"四十一个，如果算上你。"

"但我们的英语课是在床上。"

"哎，多害臊啊，亲爱的。"

"她还照料教堂后面的果蔬园。"

"是我的爱人开垦了这块地。"

"牧师是我很好的朋友。"

"看，这南瓜多大。"

丽贝卡给我们端上木薯粉裹南瓜，但先问了她的爱人，要为我唱什么。阿热诺尔从沙发后面拿起吉他，弹了一段前奏，然后看向妻子，她唱歌时就不带口音了：

清晨，多美丽的清晨
生命里的一曲新歌

她第一次听到巴西的语言时，还是个孩子，那是在家里的一张老唱片里。她背下了所有的歌，它们像是关于希腊神话《奥菲欧》的，不过是一位来自里约贫民窟的黑人奥菲欧[1]。带着对里约的热切向往，她和她的荷兰朋友们一起来参加了一次摇滚音乐节，正巧碰上了阿热诺尔，最终，她留在了这里。她爱人的面容，正如她儿时想象中的那位奥菲欧。

1　此处指 1959 年由法国导演马赛尔·加谬执导的电影《黑人奥菲欧》，讲述了狂欢节期间，发生在里约热内卢贫民窟的爱情故事。这部电影把巴萨诺瓦（Bossa Nova）这种音乐风格展现给了世界。

在我的琴弦之上

那仅为你的爱所寻找

看着这田园牧歌般的场景，我想到的是，为了在我的小说里有出色表现，这对夫妻认真地准备过。现在，甚至月光也加入了，从窗户外照进来，照得丽贝卡脸上的雀斑更加突出。直到一只会飞的蟑螂停在她的罩衫上，惹得阿热诺尔往她的胸上拍了一巴掌。丽贝卡反抗道：

"干什么呀，阿热诺尔？"

这只大蟑螂从丽贝卡的胸部掉到了大腿上。

"随它去吧，小可怜。"

阿热诺尔又拍了一巴掌，把蟑螂掸到地上。蟑螂张开翅膀，但还没飞起来，他就又跺了一脚，用拖鞋的鞋垫碾碎了它。

"好可怕，阿热诺尔！"

我同样反对这样的暴力，但我承认，我宁愿看这眼中刺般的一幕，也不愿看到一只活蟑螂停在丽贝卡身上。倒是丽贝卡自己不同意：

"残忍的家伙！大中士，胆小鬼！"

"你疯了，丽贝卡？"

"蟑螂是好的。"

"你又要发火了，是吧？"

"你才是个酒鬼。"

她从他的手里夺过杯子，向窗外倒空了啤酒，哭着独自回到厨房。他跟在她后面，而我已经到了大门口，却还不得不听到这些：

"你要是碰我一下，我就去妇女委员会告你。"

"小声点，丽贝卡。"

"别把我当成你那些小妞。"

我走到路上时，阿热诺尔仍试图挽留我：

"至少吃了木薯粉再走。"

"谢谢，我晚上有家庭聚餐。"

"我送你。"

"让我自己去下面打辆车吧。"

"我和丽贝卡不是这样的。"

"你进去，清理干净那只蟑螂，然后和你老婆亲热一番。"

"上帝与你同在。"

沿漆黑的小巷走下来后，我不确定该往哪个方向走。右边的路上，溜过两只像肥猫一样大的硕鼠。左边，我走进了一条走不通的土路，路尽头是一块岩石，那里看上去像是一个毒窝。我被疑似毒贩的人盯上了，我转身，想回到阿热诺尔家里，但那条小巷正被五六个男人占据。我走了有大老鼠的那条路，不出一会儿，我就沿着路，头也不回地向下跑，跑向一处有冷色灯光和响亮音乐的地方。那是一场宴会，声音从一辆车的音响里传来，车停在一家酒吧前，酒吧里空旷而明亮，中间放着一张迷你台球桌。那些常客喝着酒，在外面乘凉，靠着那辆放音乐的车，或坐在他们的摩托车上。他们看看我，又互相看了看，然后一个穿皮裤的胖子走上前：

"朋友，需要点什么吗？"

"我不要大麻，也不要可卡因，没有信用卡，也没手机。我只有一张二十块钱的纸币，想回莱伯伦。"

"那正好，老板。"胖子说，递给了我他的名片，十分钟后，他就用摩的把我送到了家里。

■ **2019 年 4 月 2 日**

    在瓜纳巴拉宫举办的欢庆晚宴，庆祝了巴西这项伟业的开端：今日即未来。里约热内卢州长、国家各部部长、友国大使、皇室后裔、军方和教会的官方代表，还有我们社会上的其他名流，在瓜纳巴拉宫花园里星罗棋布的桌子旁落座，由身着圣殿骑士团服装的侍者及领班服务。当晚的压轴剧目由法蒂玛圣母合唱团表演，合唱团由室内管弦乐团和一支三十二人的阉人合唱队组成，合唱队由指挥家阿米尔卡雷·菲奥伦蒂诺指挥，领唱的是来自巴比隆尼亚的天才少年埃塞基耶尔，他们演唱的国歌令诸位来宾心醉神迷。

　　新闻界的消息引发虚假报道，这已是老生常谈，但反之亦然，差不了太多。就我个人而言，我不打算写圣殿骑士团，但每次报纸上提到阉人歌手时，我都感到被割了肉。他们不用付出任何代价，就摘引我的处女作，历史小说《宫中阉伶》。它讲的是在阉伶风靡巴西很久之前的事。这本书已经有十八岁了，但值得连续不断的再版，任何一个传媒界新人，都应该知道它创下的销量纪录，和它得到的那些实至名归的文学奖项。那时，一篇关于这本小说的文章发表在权威刊物上，强调它对若昂六世时期宫廷礼节的细致重现，当时是 19 世纪初期，皇室从里斯本迁往里约热内卢。用批评家的话说，著名意大利阉伶阿伯拉德·内纳出现在王室的随从人员中，常驻于王后的小房间，"即使不是真实的，也是一个很好的推论"。然而，一个新手在文学上的成功，总需要付出他无法承受的代价，第二本书的诅咒并非只是传言。我受我编辑的鼓动，屈服于诱惑，为阉伶的故

　　　　　　　　　|　这帮人　|

事写了续篇，众所周知，重新炒作起来的荣誉，就像阉人本身，产生不了结果。这次成就的阴影笼罩了我之后的小说，佩特鲁斯执意要把"《宫中阉伶》的作者"加在这些书的封面内页上、我的名字旁。现在，《宫中阉伶》只能在线上二手书店买到，佩特鲁斯一定会利用这个机会再版此书，用他的话说，目的是刺激我这本新小说的销量。

▪ 2019 年 4 月 3 日

对一个像我这样的散步作家来说，帮玛丽亚·克拉拉一个小忙，时不时去遛一下她的拉布拉多，我觉得很划算。现在，我被它牵着，被迫转向一条不合我意的路线，任由它散漫的兴致摆布。每半分钟，我都被迫停下脚步，打断思维的流动，去看它解决内急。若我要在路中间停下，把闪现的灵感固定在脑海里，它就会用狗绳拉着我走开，躲避猫或斗牛犬。就这样，我们拉扯着，走到了玛丽亚·克拉拉家附近，它猛地一冲，挣脱狗绳，箭似的冲过马路，把嘴伸进大楼的栅栏之间。门房配合它打开了大门，让狗飞奔上楼，正如它经常拖着狗绳自己下来那样。然而这次，门房告诉我说，玛丽亚·克拉拉女士带儿子去看医生了，且房屋管理员不允许宠物逗留在门房处。由于我不用手机，他也没有玛丽亚·克拉拉的号码，解决的办法只能是把狗带回我家，可它却在大门前犟劲不肯走，威胁所有想要挪动它的人。我能做的，只剩下跟这畜生一起坐在马路沿上等着，为我儿子加油，愿他没什么大碍。我没放过这个机会，看一个又一个行人路过，有送货员，邮递员，身着白衣、推着婴儿车的保姆，穿着健身服的年轻人，卖棕榈扫把的小贩，以及垃圾清洁工。到了傍晚，那狗变得温顺了，或者可能是它明白了情况，于是我得以牵它回家，这既是为了排空我的膀胱，也是为了写下我在那段时间里想到的话。狗默许我尿了很长时间，然而，但凡我在电脑前坐下，它就要来打扰我。嗅过我的睾丸之后，它开始追着自己的尾巴转，模仿我在公寓里习惯性的来回转悠。由于玛丽亚·克拉拉没有接我的电话，我从留着的旧小说中拿出一本，来分散它的注意力，它不到五分钟就摧毁了那本书。应该是饿了，因为它正在撕咬卫生间地上的报纸，开始咀嚼上面的新闻：军人对私家车连开八十枪，杀死了黑人音乐家。有这条狗在吠叫、哼唧、嗅门底下的缝，我实在是不可能把幻想写成文字。直到我再次为它套上项圈，在大楼出口处遇到了来找它的儿子，它才消停。儿子看上去很好，我从他的眼神里读出一个请求，他想要我陪他到家里。

公寓的门关着，他们两个去厨房的同时，我在客厅里等玛丽亚·克拉拉。鉴于她没出现，也没回复我，我敲了敲她半开着的门，轻轻进到她房间里，见她以胎儿的姿势躺着，穿着裙子和罩衫，大腿裸露在外面。我轻声叫她的名字，但她睡得很深，我不知该怎样得体地用被单盖住她的腿。在我们结婚的那十几年里，我从未见我们的寝具被如此蹂躏过，也没见过她的书如此翻开扣在地上。"你们去看什么医生了？"我在厨房里问我儿子，他正把嘴埋在一桶爆米花里，像狗把嘴埋在狗粮盆里一样。孩子向房间走去时，我又问起看医生的事，但他装作没听见。他说"哇"，说"嘿"，小跳了几下，然后脱掉短裤，穿着裤

这帮人

衩躺下，没脱掉蝙蝠侠上衣。"不去刷牙？"我问，但这就像对那条狗发问，而狗已经在床脚熟睡了。我在床上找了一处地方坐下，咳了几下，清了清嗓子，低声唱起了丽贝卡的那首歌，然后，感动于我儿子在第三句歌词之前睡着。我还听到了一些依稀的放克节拍，直到这时，我才意识到他戴着耳机，于是如母亲般温柔地为他摘下。我抑制了用手指梳过他头发的冲动，妈妈曾如此用手指梳过我的头发，一样的卷发：我的儿子。

■ **里约，2019 年 4 月 6 日**

致圣欧热内房屋管理员：

　　本人玛丽卢·扎巴拉博士，201 室的住户，我希望在此向诸位表达我对我们楼现状的担心。最近削减支出的措施固然必要，但影响了我们的生活品质，应得到一些调整。由于我们的员工减少了一半，现在只有一个清洁工负责公共区域的清洁，其结果显然不尽人意。我建议，找一两个外包的员工，长期在每周的休息日承担最为繁重的清扫工作，而不在我们开出的工资清单里增加社保开支的负担。在我看来，最令人不安的是取消了夜间警卫，因为这影响到我们每一个人的安全。若没有门房干涉，当我们通过公寓的门铃对讲机打开大门，就是给未知因素可乘之机，让他们顺着访客或送货员的行迹秘密深入。我建议设置一台与大门相连的摄像机，和大楼每个单元的监控相连，这个方案并不需要花很多钱，却可以减轻我们的脆弱感。

外立面改造，室内粉刷，更换车库的路面，这些措施，用俗话说，我们要能拖则拖。但若我们想正面解决这些问题的根源，就必须再次考虑，有些住户配不上他们享有的物业管理服务，他们令其他人负担了额外的费用。需要意识到，圣欧热内大楼不久前还是这片区域最负盛名的楼盘之一，向来以购买力高于平均水平的家庭为目标（此处我不深入探讨社会学或类似领域的考虑）。我知道住户的缴费记录由物业保密，但像702室的住户这样，以不付租金而闻名的，若会按时交物业费，那才令人难以置信。作为联邦法官，我同样知道住宅不可侵犯，但一个月以来，那位房客拒绝为我们雇来的水管工开门，这已经接近侵犯行为了。说实话，我很遗憾您没有及时向为 702 室担保的保险公司索赔。702 室的浴室漏水，至今仍未止住，对 602 室造成了严重损害。602 室住户的正当诉求未能得到回应，正如诸位所见，他已搬离了房屋，那间房屋从那以后一直处于闲置状态，因为其所有者最近去世了，遗产存在争议。此外，据我调查，502 室的房顶已经有几处漏水，过不了多久，在瀑布般的作用下——不是讽刺——整列 02 号房屋都将受到牵连。难道我们只能被动地看着我们的圣欧热内衰落吗？

　　满怀着敬意。

玛丽卢（201）

- **2019 年 4 月 11 日**

尊敬的法官先生：

　　针对逾期未付租金的驱逐令，并处追缴租金及附属款项，同时申请紧急法律保护（……）以失业为借口，被告未支付租金（……）即使已多次尝试以友好的方式收取（……）依据民事诉讼法第 300 条及其附属条款，可依法因合同违约下达驱逐令（……）限租户 15（拾伍）日内自行搬离，或主动支付租金（……）自告知之日算起，逾此期限，将实行驱逐，并于需要时采取强制手段，包括（但不限于）破门进入（8245 号法律/91 第 65 条）

批准

里约热内卢 /RJ II/2019 年 4 月

| 这帮人 |

▪ 2019 年 4 月 12 日

"你是上诉法院法官杜阿尔特的儿子？"

我理应是的，尽管我听厌了父亲说，他的儿子不会这样，他的儿子不会那样。我真想问他，他妈的到底在想什么，到底想要他的儿子干什么。父亲是个讲求原则的人，他毫不容忍我的缺陷，从儿童时期那些平常的淘气，到青少年时期偶尔的意志薄弱。从某种意义上说，他没活到看见他儿子老了以后沦落到俱乐部的门前，几乎成为富尔维奥想要殴打的那类乞丐，这倒也是好事。那是在一个周五傍晚，我认出了停车场的那辆越野车，但是半小时前，他们向我重复说，员工正在查询卡斯特洛·布兰科博士是否在乡村俱乐部。我被允许进入时，已经是晚上了，见到他时，他正站在露台上，和一位看起来像是纨绔子弟的先生告别。我被介绍给他时，他问我是不是上诉法院法官杜阿尔特的儿子。我们两家有过交情，他从儿时起就记得我的母亲在他父亲家的泳池里："我直说，请不要介意，她真是个魅力十足的女人！"

我父亲的严苛似乎抑制了我，但一杯金汤力使我敞开心扉，向富尔维奥吐露了驱逐令的事，他一开始没领会到我想从他那里得到什么。然后就明了了，正如我预见，他的律所并不处理我这样小得可笑的案子。也许实习生可以呢，我毫无把握地说，但富尔维奥放声大笑，问我到底欠了房东多少钱。若他爽快地给我写一张支票，那我也不会感到冒犯，这样我们可以立刻转到愉快的话题上。但他并没有，反而惊叹道，在我这样前卫的婚姻里，我竟然没依靠妻子罗萨内的帮衬来支付房租。是的，

| 这帮人 |

他很熟悉罗萨内，出类拔萃的设计师，应邀为丹妮斯设计过一座非常漂亮的图书馆，是用亚马孙的破布木建的，为的是把她的书堆转移到庄园中心。他记得，我的妻子曾几次爬上那座小山，既是检查她的作品，也是去和丹妮斯一起在泳池里沐浴。真是个魅力十足的女人！富尔维奥应该正这么想着，他得知我们分居以后，说为罗萨内感到难过："我也考虑过与丹妮斯离婚，但她一个人没法活下去。"喝下第三杯金汤力，我编造说，我的一本小说有了英译本，一旦拿到译者收取的五千美元稿费，就可以马上把书交给洛杉矶的电影制片人。富尔维奥保证说，这些钱，你发起个众筹，轻轻松松就能拿到一大堆，然后就起身出去，边走边在电话里高声谈论政治。就这样，他在俱乐部里转了好一阵，回来时对我说不必拘谨，反正我们的酒水都记在他账上。他抱歉失陪，因为丹妮斯等着他一起吃晚饭，他拍了拍我的肩膀，在桌上留下两张五十块钱的纸币。不是给服务员的小费，而是他给我的那一份众筹款。

　　我总歌颂父亲的正直，但事实是，他从没经历过经济紧张的时刻，更不用说被威胁驱逐。他曾是弗拉门戈海滩边一间大公寓的业主，这多亏他在公务员体制内终身职位上获得的收入。他本能成为真正的富人，倘若他在工资之外，再积累奖金、福利和特权的话。这些职业提供给他的特权，可以说合法，也可以说不合法。他说，那些都是帝国时期残留下来的糟粕。他开自己的车去法院，不用配有司机的公车。在不那么严于律己的同事眼里，他一定令人讨厌。就好像，他摆出神庙圣女的姿态，无声地指控他们渎职，收取贿赂，收钱判案，或其他类似的罪行。出于报复，他们恨恨地阴阳怪气道，若杜阿尔特法官想要教人正直，那他应该从自己家里开始。我母亲的名声已经在我的学校引起了暗地里的讨论，其他大法官的子女也上这所学校，但我从不为母亲辩护，也不去自取其辱。为了糊弄过去，我自称是杜阿尔特博士的儿子，他是鳏夫，在巴西利亚做医生。

若我顺从父亲的意愿，追随他的步伐读了法学院，那我将更难反抗这段父子关系。不过没有反抗的必要，因为十八岁那年，我就成了孤儿，不再非得去读大学了。我赌气去了广告业工作，去新闻办公室，去做电视新闻，但正是这些经济来源，使我能在那间生我养我的艺术风格装饰的房子里多住了一段时间。我留下了其中一个女佣，她除了洗衣做饭外，还打扫公寓里许多房间，对主卧尤其尽心尽力，每周都换一次床上的寝具。我不知道，她这么做是出于追怀逝者的仆役精神，还是考虑到我指不定什么时候会搬去主卧。确实，那个房间不但是我房间的三倍大，还配有专门的浴室，且能看到弗拉门戈海滩的壮丽景致。但另一方面，床的左边是妈妈的，她偶尔在家过夜时，睡在那里。应该就是在那里，她曾给我喂奶；那大概是我能回去睡个安稳觉的地方，在那里做着我最好的梦。只是，有她乳汁的这个地方，也有他的鲜血，因为父亲执迷于在母亲的这一边自杀。再说，我也不是很喜欢躺在这个地方，因为在数月独眠的夜晚之后，他很可能曾在这里找她发泄。我也不堪想象，妈妈扑向他那边，请求他宽恕。那么，我们就在床中间做爱好了，那个荡妇立马说，她被我的故事打动了。我带回家的那些荡妇只想见识大法官的卧室，因为那里有带浴缸的浴室和超大尺寸的双人床，俯瞰就是大海。就这样，我一点一点失去对这张婚床的敬意，那上面时而有三个、四个、八个人一起躺着，亵渎它的每个角落。最后，我如此习惯这张床，以至于在不得不搬到更简陋的住处时，带它一起过去，把它塞进一个房间，那房间便再放不下别的东西了。又过了二十年，我发誓重新做人，用一纸婚约把玛丽亚·克拉拉带到了我的公寓里。我甚至还向她介绍了这张床，但她下令让木匠把它变成了烤肉的柴火。

▪ 2019 年 4 月 15 日

"心灵感应！"

为我开门时，玛丽亚·克拉拉说，她也正要邀请我今天来看她，为了证明，她还向我展示了冰箱里她准备的晚餐。盘子里正腌制着一条羊腿，是她的菜谱里我最喜欢的一道。她把头发剪成了香奈儿发型，身着一条短裙，任由浅红色的双腿露在外面，正如我记忆中她少有的晒太阳时的样子。她说她在游泳池过了一上午，游了蝶泳和仰泳，从跳板往下跳，感到重获青春。她甚至渴望去运动了，怀孕以后，她就再没运动过。为了减肥，她开始服用一种酶，然后她问我，是否注意到她的话押了韵。在翻译《仲夏夜之梦》时，她甚至还想要用十音节诗的韵律说话。像我们恋爱的时候一样，她找着乐趣，东拉西扯，跟我一起笑，玩文字游戏，用回文挑战我：玛丽亚力压利马，杜阿尔特爱阿杜。她把狗粮倒在小盆里，抚摸一把狗的头，随后带我进她的房间，那里，《李尔王》《哈姆雷特》和《仲夏夜之梦》在床上躺着。她从浴室拿出一罐润肤乳，转身朝向墙壁，请我帮她从脖颈处拉下连衣裙的拉链。我不敢相信，我要把乳液抹上她火热的后背，然后，不等我的手僭越分寸，儿子就闹哄哄地进了家里。他拥抱了狗，想带它出去散步，但妈妈不准他饿着肚子就出门。她把水煮开，给孩子煮了一碗速食面，倒上罐装的番茄酱，那是她菜谱里最难吃的菜之一。这时，我把她叫到一旁，但玛丽亚·克拉拉已经猜到了我来她家的原因，边上就是我从保险公司收到的最后通牒，而她不会让她儿子的父亲一人身陷苦海。我知道她有一本存折，且大概还有股票或其他投资。像她那样的铁公鸡，拿出一部分积蓄慷慨解囊，在我看来，虽然给得不多，却是表达爱的方式中最在所不惜的一种。当玛丽亚·克拉拉把我带到我以前的小房间时，我仍然在找词句表达感激。房间里不仅放有书桌和旋转书架，还有那张沙发床，以前她惩罚我的那些晚上，我就睡在那里。

"我刚和孩子谈过，他很乐意你住在我们这里，直到你找好新的去处。"

女人有这种天赋，她们做出一副帮了你很大忙的样子，把你愚弄得团团转。我别无选择，只能忍气吞声地接受玛丽亚·克拉拉的邀请，心里却很清楚，所谓自由地出入她家，就像拥有一把本来就开不了门的钥匙。从明天起，我将慢慢把我的东西搬过来，但今晚我买了一瓶打折的高乔葡萄酒。我奇怪他们怎么过了一会儿才来开门，当我儿子把门打开时，我感觉少了烤肉的香味。在公寓的一片寂静里，我听见玛丽亚·克拉拉的拖鞋擦着地板的声音，她像是穿着睡裙在房间里。我猜是她翻译的进度慢了，便提出帮她烤羊腿，但她面无表情地看了我一眼，从我身旁走过。她进了儿子的房间，又出来，儿子已经睡着了，或是假装睡着了，狗看着他，前爪搭在床上。

"我的老公在哪里？"玛丽亚·克拉拉问。

我倒是知道她没有别的老公，但大可不必回答她，因为她叫的不是我，也不是任何人。她缓步走向厨房，慢悠悠地打开冰箱，又关上，拖着步子走到我的小房间，用温润的嗓音重复：

"我的老公在哪里？"

她闭着眼睛回到房间，扑倒在床罩上。在她的床头柜上，我看到这些：

几乎全满的一板 2.0 毫克的阿普唑仑片；

半板 15.0 毫克的咪达唑仑片；

快空了的一板 20.0 毫克的来士普；

空了的一板 20.0 毫克的百忧解；

散落着的不知名药片。[1]

床头柜的抽屉里还有整板整盒的这些药，以及其他抗焦虑药、安眠药和抗抑郁药。我拿走所有这些药，粗糙的纸板盒子、药板和药片差点堵住玛丽亚·克拉拉家的下水道。在水槽台面

---

1 这些都是具有抗抑郁、镇定等作用的精神类药物。

上，我瞥见了她的手机，上面有多通与某个科瓦列斯基医生的通话记录，有的是他打来的，有的是她打出去的。语音信箱里有一条阿根廷口音的留言，我向那人介绍自己说，我是杜阿尔特夫人的丈夫，并请他有急事找我时打她的电话或打我的固定电话，号码是多少多少。我在小房间的沙发床上躺下，瞌睡来了，我梦见自己被她惩罚，后背很疼。我在背疼中醒来，睡这张简易床时我总是这样。我向玛丽亚·克拉拉望去，她有规律地打着鼾，横躺在双人床上。天还没亮，我抵着书架底部，做了拉伸，突然想起我要重新检查一下书架的最上面一排。我踮起脚尖摸了摸，爬到人体工学椅上，以便观察，但除了几个陶土娃娃，什么也没看到。我又从上到下扫视了这些书，在《麦克白》的下面，玛丽亚·克拉拉视线的高度，放着那把可恨的左轮手枪，我用指尖拿起它。我必须让它消失，首先涌上的念头是把它扔出窗外，都没想它是否装了子弹。枪放不进我卫衣的浅口袋，上电梯前，我把枪托挂在裤子里的松紧带上，冰冷的枪管擦着我的腹股沟，我感到一阵战栗。结果，那儿出现了一处可疑的凸起，显得有些淫荡，没逃过夜班门房那敏锐的眼睛。外面没什么动静，但当我走上山坡时，我感到裤带变松了，难以再承受枪的重量。我穿行到马路的另一边，那段路边没有建筑，我在裤子里摸到手枪，它已经掉到我左侧大腿边了，难保掉在地上时不会射出子弹。在这条漆黑狭长的小路上，我走着自己的路，手里拿着那把左轮手枪，不用担心在这个凌晨时分遇上行人。我感到自己隐身了，直到日本大使馆门口的警卫向我问好：

"干得漂亮，长官！必须消灭这些强盗！"

洪亮的声音回响着，不一会儿，窗口出现人影，他们竖起大拇指，齐喊道：

"战士，我们团结一致！勇者，我们站在一起！"

| 这帮人 |

▪ 2019 年 4 月 16 日

"科瓦列斯基医生？啊，是你呀。哦，不，我现在一个人。嗯，你可以说。我，不，我从不改变主意。对，我可顽固了。对，差不多，我是个顽固的人。我不理解。你重复一遍。你也是？那显然的。明天？这也太赶了，我不知道行不行。别急，别急。等一下，先别挂。明天的话，我想想办法。晚上九点，很好。在你家？可以，但那个家伙呢？那个家伙，你心里清楚。

我一直记不得他的名字，是叫儒利奥·塞萨尔吗？啊，对了，拿破仑，我知道他以前是个军人。那如果他又决定露面呢？我倒不害怕，只是想确定我要不要带枪过去。从来没有？从来没在我们的床上睡过？你马上就要说你从没跟他上过床了。对不起，罗萨内，是你先提起他的。好啦，我们不要为这个老头子吵架。对，我也知道，但我还只是试一试水。明天你会看到的。等着我。吻你，再见。"

科瓦列斯基医生身高接近两米，当我看到他打开玛丽亚·克拉拉家的门，我甚至想，那就是她梦寐以求的丈夫。我抱怨自己彻夜未眠，只为等他的电话，但他声明，对外人谈论他的病人有违伦理。被这个混蛋称作"外人"，这激怒了我，我驳斥他，说他给我老婆的脑子灌满精神药品才有违伦理。事实上，我一直知道，玛丽亚·克拉拉可以在地下药店买药，不用处方，那些药店抬高价格，给人送成瘾性药物上门。为了防止她再不守规定，科瓦列斯基医生雇了玛丽娜尔瓦，这个健壮的女人刚刚穿着护士服从我的小房间里走出来。我辞别医生，跟着玛丽娜尔瓦进了厨房，玛丽亚·克拉拉正坐在一张凳子上，右手拿着一个葫芦形罐子。她吸了一口马黛茶，面不改色地看着我，只说了一句：

"去看着你儿子。"

我的儿子没去上学，正躺在他的床上，玩妈妈手机上的游戏打发时间。我已经开始领教他的滑头了，我装作是来他房间看狗的，那狗以舔舐和摇尾巴回应我。不出几分钟，我们三个便一起走下坡，我和孩子并排，狗跟着我们，没牵绳，每路过一根杆子它就停一下，再跑着追上我们。我盘算着，能不费力地跟上儿子步伐的日子，也没剩几年了。等他再长高几厘米，要像今天这样把手搭在他的脖子上走路，也没这么舒服了。如此这般，我小心翼翼地引他走过莱伯伦的道路，像往日搭着小姑娘的脖子那样，那些姑娘大多毫无方向感。他在这街区简短的几次散步里，应该连沙滩边的步道都没踏上过。他的狗也是，不过，狗立刻看见了涌上沙滩的海浪，狂奔着跳进了水里。我本可以尽力阻止它，毕竟有法律禁止动物上沙滩，但我觉得国民警卫队会对品种狗和出身名门的主人睁一只眼闭一只眼的。我儿子紧跟着狗，像个乡下小男孩，穿着球鞋在沙滩上跑，直跑到水边才停下。他看见狗在浪里蹦跳，潜水直到憋不住气，便喊道："福克纳！福克纳！"让我秀一把的机会来了，说不定还能跟福克纳一起冲浪。回头却看到我的儿子已经穿着球鞋走进海里，正狗刨式地胡乱扑腾。我用手拉着他游回沙滩上，那儿有个人津津有味地暗中看着我们，是救生员阿热诺尔。

据阿热诺尔说，拉布拉多是出色的游泳健将，有的拉布拉多甚至会被训练去援救溺水者。我让儿子挥一挥手臂，狗就从那儿迎着他游了过来，嘴里衔着一只脚蹼。他俩在沙滩上打滚时，阿热诺尔向我倾诉了他对失去丽贝卡的恐惧。他说，若我这几天能去他家一趟，那就帮他大忙了。不仅是为了消除第一次见面时的尴尬，而且因为可能只有我能劝她不要回家乡了，自从最近几次致人死亡的房屋坍塌事故后，她就有这个考虑。最近，她想说服他，山顶上那些石头可能会突然滚落到她头上。他已经向她解释过，恐龙灭绝之前，那些石头就在那里了，但一个救生员说的话，分量自然不如我这样的知识分子。

"杜阿尔特！"

听到我儿子这样叫我，我愣住了，一回头，一个沙子捏成

| 这帮人 |

的球送到了我的嘴里。我握着阿热诺尔的手，边吐沙子，边说"回见"，追着孩子跑开了。孩子追着狗，狗追着我，我追着孩子，在这场追逐中，黄昏降临。

▪ 2019 年 4 月 17 日

　　罗萨内对我笑时，她脸上的苹果肌假得像真苹果似的。她应该是填了脸，或是打了肉毒素，不过我才不在意。她可以在接待我时打扮得过分浮夸，戴金戒指和金手镯，可以在客厅里放一个金色的塑像，我才不在意。她尽可以说那些大蠢话，搞不好能向上帝发誓地球是平的，她厉害。在今天这个穿着丝质内衣领我上床的罗萨内身上，我依然看得到昔日从海里走来，白色比基尼衬着褐色皮肤的她。显然，那幅画面将从我的记忆里淡去，但没问题。也不是到了今天，我才意识到，对她的留恋将以怎样的方式进入我的想象，有时这甚至还是好事。如果可以，我应该在第一眼看到罗萨内时就占有她，就在看见她从水里出来的那一刻。即便如此，那个我占有的罗萨内，也不能等同于那一时刻我幻想拥有的那个。

为了正在睡觉的这个女人，我无情无义地抛弃了稳定的家庭，和一部未完成的小说。我带走一手提箱的衣服和一台白色的笔记本电脑，这也是后来三年我带在身边的行李。我走在这间公寓里，就像一只猫，小心避开女主人的物品。她的画板，她的颜料，她的半透明纸和卡纸，她的陶瓷，她的落地灯，她的穆拉诺玻璃壶，她摆满艺术书籍的烤漆桌子，我对这里的一切始终无感。假若我今天心血来潮想偷点什么，都选不出一件来。我可能最多开一瓶黑牌威士忌，我刚刚在餐具柜里一桶融化的冰块旁看到了这瓶酒。我把桶放进冰箱，给自己倒上这杯罗萨内没空给我倒的威士忌。我晃动着身体，绕着客厅走，对着洛可可风格的镜子看我自己，觉得自己的脸分外迷人，我吃了放在厨房里的几颗草莓，走去浴室，走进我们从没有用过的儿童房，里面满是空的小木箱、空的画筒、没加边框的画框、没放照片的相框。我回到她的房间，她睡得像玛丽亚·克拉拉一样沉，但无需借助药物，而只需借助这位绅士的帮助。床头柜上有一个象牙小盒子，里面放着一叠欧元，可能有上千欧元，能解决我生活的困境，但我当一文不值之物无视了。走之前，我又喝完一杯威士忌，然后重新满上酒杯，当作散场酒。我最后扫视了一眼大厅，以及那尊令我厌恶的金色塑像。我抓住它的脖子，来一记柔道的摔法，这就可以把它放倒，但得两个壮汉合力，才能把它扶起来重新摆好。回家路上，我向每个迎面走来的路人举杯，我拿酒杯的那只右手，前几天还握着左轮手枪。那杯威士忌似乎总惹人生气。

▪ **2019 年 4 月 18 日**

　　"这个信教的女人绕着家里走，唱着《诗篇》，或诵着《箴言》，我没锁房门，因为他们收走了我的钥匙。她不敲门就进来打断我工作，只是为了问我此时是否心境平和，若我抗议，她就咒骂。在翻译《奥赛罗》的关键一幕，她问我是否熟悉圣保罗的《罗马书》，然后便不由分说地读了起来。不出二十分钟，又回来对我说，有两个大男人手牵着手上火车，被人们踹出了车厢。她读圣保罗谴责鸡奸者的篇章，谈论那些犯下违背自然之罪的纵欲女人，然后就到了我忍无可忍的时候：我拿头撞墙，直到她闭嘴。我已告诉过科瓦列斯基医生，叫他解雇这个疯子，选女下属时要求高一些。别再派昨天值班的丹达拉过来，她翻箱倒柜找我的内裤，前天的玛丽娜尔瓦也不行，她一身酒味。再这样下去，我要炒了科瓦列斯基医生本人了。"

"我已经明白她不想听上帝的话了，我坚持追随《圣经》，又不是干坏事。我只是反感，她说她给我丰厚的日薪，不是为了找一个牧师。然后她又揭我底，说我只是一个助理护工，不是能穿白色制服的护士。我进她的房间，是因为医生指示我每隔二十分钟去看看那可怜的女人。我准时按处方给药，即使我确信，灵魂的疾病，应该用对基督的信仰，而不是用药治。我相信福音书上讲的，不是说她是硕士或博士，就有权利嘲笑我没文化。顺便提醒你，我上过学，我也知道她在房间里读了又读的莎士比亚是谁。我没有读，但我知道，除了《罗密欧与朱丽叶》，他还写了一大堆悲剧，假如我有钱，我也要用英语读所有这些书。但实际上，我住在郊区，从家里去上班要花三个小时坐火车、地铁和公交车。运气好的话，我能有一个空座位，但一个工人，能有一大段时间坐着，除了上网看新消息，还能干什么呢？我们读《圣经》，我们可以几乎不花钱地在任何一个教堂读到它，牧师给我们讲解先知的密语。现在我看到一位女士正把《奥赛罗》的剧本翻译成葡萄牙语，很好。她可以在车站把这些书发给别人，好让所有人在火车上读莎士比亚。"

"亲爱的，你有上千个理由让自己这么神经过敏。没有人喜欢让陌生人住在家里，但更坏的选项是被关在诊所，远离书和儿子。科瓦列斯基向我保证，居家治疗是你这种情况的首选。这里正好还有防坠落安全网，是你为了孩子在窗户上装的，当然，没人相信你会做傻事。即便如此，科瓦列斯基听说你有左轮手枪时，还是吓了一跳，他自然是同意我对它采取的措施。我甚至自告奋勇地提议，有时去做你的陪护，但他不肯弃用他团队里的专业人士。不管怎样，今天我几乎是带着我的行李出现在这里的。我想着说服护工让我睡在客厅的沙发上，这样我可以有私人空间来睡觉，也方便来拿房间里的小说。实在不行，我甚至也可以睡在我们的床上，但恐怕你觉得不合适。"

"你身上有那个婊子的味道，杜阿尔特。"

"轻声点，玛丽亚·克拉拉，孩子听着呢。"

"你散发着那个婊子的秽气，杜阿尔特。"

"杜阿尔特，再带我去一次海滩。"

"你这时应该在学校学习葡萄牙语，这才是你该做的。我儿子可不逃学。"

"抱歉，先生，但今天是圣周五[1]，放假。"

"我没问你，热西卡太太。难怪玛丽亚·克拉拉说你多管闲事。"

"我知道她在向医生索要我的人头[2]，但我不在乎。书上写着：'由于耶和华，义人得救。'[3]在逆境中，他是你的堡垒。"

"早上好，杜阿尔特，早上好，小伙子，早上好，热西卡。这位是萨布丽娜。玛丽亚·克拉拉在里面吗？"

1　圣周五（Sexta-Feira Santa）是基督教和天主教的宗教节日，基督徒用以纪念主耶稣基督在各各他被钉死受难的纪念日。

2　《圣经·新约》中，因施洗的约翰曾谴责希律王娶其弟的妻子希罗底为妻，希律王怀恨在心，想杀死他，却又有顾虑；希律王生日上，希罗底的女儿在众人面前跳舞，希律王欢喜之下提出答应她一个请求，希罗底便教女儿说想要约翰的人头，于是希律王派人将约翰斩首。在巴西葡语中，这一表达可引申为辞退。

3　出自《圣经·旧约》中的诗篇 37:39，原文为："但义人得救，是由于耶和华。"（和合本）

"我在这里，科瓦列斯基。杜阿尔特，趁门还开着，滚回你的婊子那里。"

▪ 2019 年 4 月 19 日

　　喂，她用抱怨的语气说，但她抱怨的，对我来说是件好事。昨天早上，她在床上想念我了，因为她像大多数女人一样，喜欢和心爱的人一起入睡和醒来。于是我承诺下一次抱着她睡，只要她赏脸给我下一次。我们会有很多"下一次"，随罗萨内所愿，只要她的时间允许，多少次都可以。为了方便行事，我乐于在她的公寓里待命。我今天就可以搬过去，且我立刻就为放倒了她的人偶道歉，我找门房帮忙，就可以重新扶正。我一个人住着，等着她，不会不舒服，有两套换洗的衣服，和我的笔记本电脑，我就满足了。我会省着用洗澡水，自己做简单的饭，并力所能及地为家里的开销出点钱。但是，对罗萨内来说，我的提议听起来不可理喻，这像是面朝海滩，重新开始我们的恋爱，而她在山林的高处有一个情人。在我看来，她仍是个在山林里身有所属的女人，只是到海边来与情人相会。这样拿破仑是不会接受的，罗萨内说。怎么会这样？我倒想知道，我们还是夫妻时，她去给那个老头子献媚，什么时候问过我的许可了？据她说，拿破仑挺酷的，思想开放，但这不意味着他什么都能接受。她来这里偷情是一回事，有个固定的情人，去他公寓里见他，又是完全不同的另一回事。假使之前就差她说那个戴绿帽子的已经知道我俩的事了，那现在什么都不差了。他不仅准许了，还鼓励我们约会，并迫不及待地等她在第二天早上讲给他听。现在他确实很有兴趣见我了，因为我的名字让他几乎听了一整夜。

■ **里约，2019 年 4 月 20 日**

我亲爱的罗纳德：

　　我们五年多没说过话了，但我一直记得我们在圣保罗共享美味的晚餐，您、克丽丝、玛丽亚·克拉拉和我。只可惜，当您抛下我们的出版社，去创立出色的阿年加巴乌出版社之后，我们的关系就疏远了。我不知道您离开的真正动机，而且对于帮我出书的出版社，我情感上甚是依赖，所以，坦白地讲，那时我感到被抛弃了。何必掩饰呢？我感到被背叛了。我们共事时，您作为初稿校对的意见于我而言是无价之宝，即使是那些最不堪入耳的。从那以后我就再也没出过书了，这恐怕也并非偶然。现在，我终于要写完新的小说了，但写作时，我意识到，您仍是那个幽灵，我向您寻求臧否，用您最喜爱的诗人的话说。

　　必须要有这些年的创作停滞，我才能拉开一定的距离，返观以前的出版社。我们的老佩特鲁斯是个优雅而细腻的人，极热爱优秀的文学作品，却对我露出一副卑劣商贩的样子。我毫不反对把书做成一桩好买卖的人，恰恰相反，尤其是在这个只有武器生意能繁荣的国家。他身上让我失望的，不是对作者的不尊重，而是他的急功近利，这对他那被高估了的商业嗅觉来说，并不是好征兆。我在他那里有十二本书，他本可以时不时再版一下，若没有别的办法维持我的市场热度的话。然而，因为贪婪，他宁愿将这些书置之不顾。这种时候，我都能解除合同，拿回我的版权，再卖给更懂我的人。我拒绝拍卖我的作品，或将它们分开卖给几家不同的出版社，因为我不会为钱而动心。

我是出于恢复我们合作的愿望，也是为了改善你们产品的观感，才把阿年加巴乌出版社作为我的首选，若您有意，我可以立即与您签约。我还可以这周就搬去圣保罗；还有，鉴于独家授权合同以对等条件为前提，我提议，您象征性地给我一笔预付款，可能一万美元左右吧。我可以毫不谦虚地断言，除了上面提到的十二本书，您还能大赚一笔，得到皇冠上的宝石，也就是我这本正在收尾阶段的小说，它恭候您宝贵的修改意见。最后，若您和克丽丝愿意赏光一聚，我去圣保罗的行程将包含去几年前那家非常棒的泰国餐厅共进晚餐，这次我来请客。

热切地拥抱。

杜阿尔特

▪ 2019 年 4 月 22 日

从这里向上看，那一大群褐色皮肤、正走下维迪加尔贫民窟的人，就像一场山体滑坡。居民走到贫民窟下方，挤满了尼迈耶大街，大喊大叫，质问执勤的警察。不久增援的警力就到了：一个防暴警察大队，警察都戴着面罩，还有一辆车身印满骷髅头[1]的装甲防暴车。有那么几分钟，摇着纸板的抗议者和

---

[1] 骷髅头是巴西里约热内卢特别警察行动营（BOPE）的标志。

站在钢盾牌后按兵不动的警察似乎旗鼓相当。凭空出现了一块石头，一句脏话，一个信号，不知是哪颗火花点爆了冲突，盾牌向纸板进军。一个很可能是社区领袖的人，通过扩音器命令抗议者撤退，于是抗议者开始从大街上退散。然而，为时已晚，因为警察已经用上了催泪瓦斯弹、辣椒喷雾和橡胶子弹，且用警棍开始了肉搏。我之前决定傍晚去拜访阿热诺尔，但显然，这会儿时间太早，还找不到摩的把我送上山坡。既然大街上的对战也已经扩大，我想，明智的选择是离开我所在的位置回家。这时，一个脸上围着头巾的女孩从烟雾中冒出，吸引了我的注意，她左脚精准一踢，把路面上一个冒着烟的瓦斯弹踢回了警察那里。她穿过马路，跑到我在的人行道，我不相信在同一个贫民窟里能有两个长雀斑的红头发女人：丽贝卡。我喊道，声音被爆炸声淹没。我抓住她的手臂，试图阻止她再回骚乱的中心，但她猛烈挣脱，手肘击中了我的嘴。"我不是故意的。"丽贝卡道歉说，一开始，她似乎没有抬起布满血丝的双眼直视我。当她认出了我，立刻大喊我的名字，用她的头巾按压我的下嘴唇来止血。她想带我去药店，但那里正被善战的警察包围。

　　｜ 这帮人 ｜

我不得不提醒她，她是外国人，若参加国内的抗议，是会被拘留和驱逐出境的。最终，她同意和我一起离开，走了一百米，我们到了喜来登酒店，除非为了搜捕贫民窟的人，否则警察绝不会进这家奢华酒店。我们用英语跟保安打了招呼，在美式酒吧柜台，我只给她点了杯凯匹林纳酒 [1]，因为两杯的价格就超出我打摩的的预算了。我问起阿热诺尔，她的回答是耸了耸肩，给我看她的手机，上面显示着三个来自"亲爱的"的未接来电。也是从这部手机上，传来了关于居民死亡的新消息，死者是贫民窟里大家都很喜爱的朋友。他的儿子是丽贝卡英语课上的学生，就这样，阿热诺尔都还不允许她上街。据他说，这场示威的幕后操纵者是毒贩，他不愿看见自己的妻子混在他们之中。他总是站在他做警察的朋友那边，他朋友冒着生命危险去对抗贫民窟里的匪徒。只是，那不是匪徒，而是一个被他们从背后杀死的清洁工人，于是，丽贝卡存心不接阿热诺尔新打来的电话。冷静了一些后，她把凯匹林纳酒里的冰块敷在我肿起的嘴

---

1 凯匹林纳酒（caipirinha）是一种以甘蔗酒（cachaça）为基酒调制而成的鸡尾酒，在巴西有着国民鸡尾酒的地位。

唇上，趁机对我说，她是多么爱我的小说，甚至去网上订购了我的其他作品。她甚至在考虑来我家，找我解答一些问题，因为她愿意把我的书翻译成英文，不用签合同，just for fun。要是有我的联系方式，她早就给我打电话了，不过，若我允许，她要记下来，这样她就可以从荷兰给我写信。她仍然认为里约是世界上最棒的城市，但是想与这座城市保持距离了。她将在乌得勒支与童年时代的里约重逢，那里有永远爱着她的奥菲欧。我想着告诉她阿热诺尔的请求，打消她关于水灾、房屋坍塌和山顶上摇摇欲坠的石头的担心。我想着对她说，阿热诺尔根本上说是个好人，不该被抛弃。但我没这么说，而是求她留下，说要是她走了，我会悲痛欲绝。我笑着问她，如果我比现在年轻二十岁，她会不会和我在一起。她笑着，回答说会的，只要我比现在再黑二十岁。

"嗨，亲爱的。我马上就上来。我在药店里。我不舒服，感觉恶心，肚子疼。你在大街这里了？对，我刚刚从药店出来，我得去一下酒店。不是汽车旅馆，是一个酒店。非要我说吗？我去喜来登上大号了，你满意了吗？那来入口找我。"

她挂了电话，匆忙告别。她请求我在这里多留一会儿，要是他看到我们两人一起从酒店出来，谁知道会做出什么事。

　　"他会杀了你？"

　　"当然不会。他会杀了你。"

▪ 2019 年 4 月 24 日

　　管理这栋楼的那群吝啬鬼解雇了夜班门房，本来，他总会在我的要求下筛选访客，打发走那些不受欢迎的。结果呢，今天晚上，我去接门铃对讲机，惊讶地听到了佩特鲁斯的圣保罗口音，他在电话答录机里留了言，应该是来找我算账的。他一定是有备而来，因为有人泄密，毕竟编辑们虽然在背后说彼此的坏话，但还是会团结一致地剥削他们的作者。出于老朋友的名义，我打开咖啡机来迎接他，但希望他能注意到咖啡是二次加热的。佩特鲁斯到了，穿着短西装，系着领带，抱怨里约天气太热，他是为了一本书的发行而来，编辑把所有的赌注都押在这本书上。他从棕色公文包里拿出一本小说递给我，这本小说的年轻作者是巴西现代文学的现象级人物，但我没记住他的名字。他充满活力的叙事使佩特鲁斯想起了我创作生涯早期的某些高光时刻，那也是我最辉煌的时候。杯子里的咖啡已经凉了，他不停谈着他那个宠儿，越说越多，夹带着同性恋般的痴迷。然而，渐渐地，他的话少了，声音低了下去，然后，他沉默了，目光凝滞。玛丽亚·克拉拉的左轮手枪被我放在客厅的橱柜上，碰巧正对着他的头。眨眼间，佩特鲁斯忘掉了那位引起轰动的作家，对我说，他这次拜访的主要目的是给我带来一个天大的喜讯。他从棕色公文包里取出一台平板电脑，给我讲他们市场部遇到的意外商机。大家发现，2019 年正好是葡萄牙女王玛丽亚二世的两百年诞辰，她是佩德罗一世的长女。她出生于祖父若昂六世统治下的里约热内卢，那正是我的小说《宫中阉伶》的主题和背景。正好，在书的最后一章，还是个小女孩的女王出现在祖父的怀抱里，观看阉伶阿贝拉尔多·内纳的告别演出，他那时正要随若昂六世的宫廷返回里斯本。为了纪念她的诞辰，同时也是看到国内对君主制的感情日益加深，各广告商企划为我的小说出一个精装版，在巴西和葡萄牙同时发行。从平板电脑的照片里，我能看见一些将出现在我文字之间的插图：美景庄园[1]、衣着时髦的贵族、戴假发的权贵、殖民时期的房屋、原始森林、神父、军人、侍从穿的制服、两轮马车、四轮马车、马车夫、马和奴隶。皮质的封面像一只小箱子，印着葡萄牙·巴西·阿尔加维联合王国的纹章，书名及作者和编辑的名字用巴洛克风格的字体起鼓烫金印刷。这一整件事在我看来都流氓极了，但不妨碍我恭喜佩特鲁斯，然后在八份修订后的合同副本上都签上名字，声明放弃我对整部作品的权利，包括对原稿的。他大方地撕毁了我以前留的借条，并开给我一笔一万一千美元的预付款，钱将按照今日汇率换算成雷亚尔，于明天汇入我的银行账户。

---

1 美景庄园（Quinta da Boa Vista）位于巴西里约热内卢的北区，园内的圣克里斯托旺宫（Paço de São Cristóvão）是 19 世纪巴西皇帝的宫殿。

| 这帮人 |

▪ 2019 年 4 月 29 日

　　亲我的儿子，就是甜了我的嘴，谚语这么说。为了让玛丽亚·克拉拉的嘴甜一甜，我给孩子买了一块银白色的冲浪板，来到她家门口，反正我现在有钱了。是她亲自迎我进门，亲了我的脸颊，热情洋溢地感谢我，还以为礼物是买给她的。这甚至让她觉得，我在门后偷听了她和莱拉的对话，后者正等着科瓦列斯基医生的许可，好带她去海滩。莱拉穿着一件红色衬衫，没穿同事们常穿的制服，而且对水上运动的疗愈作用有所了解。她在少年时代曾练习过冲浪、帆板运动和风筝冲浪，现在，她刚给玛丽亚·克拉拉上完课。轮到你了，玛丽亚·克拉拉说，她坐在莱拉对面的地上，继续这一局多米诺骨牌。三个人一起玩更好，莱拉说，她终止了这一局，在我们三人之间重新排列了骨牌。我有一阵子没玩多米诺骨牌了，但也从来没见过现在手里拿着的这种牌，牌上的每个方格里都有至多十二个点，有些是彩色的。这是古巴多米诺骨牌，莱拉告诉我，我怀疑她与玛丽亚·克拉拉密谋，要把我打个落花流水。她们偷换骨牌时，我装作没看见，反而高兴看到玛丽亚·克拉拉终于能和一个护工和睦相处了。两人甚至同睡一张床，莱拉读书让她入睡，那些书也许乏味，却比任何安眠药的效果都好。她甚至还带来一些里约热内卢护理技术员与助理工会的宣传手册，那是她这个行业的工会，她惯于在那里和共产主义者结成同盟。她本想带玛丽亚·克拉拉去一次党会，但科瓦列斯基医生反对，认为她去了可能会抑郁。她们被两人的事情分了心，相互笑着，使着眼色，任由我在牌局中稳步前进，然而，就在我快赢得第二轮时，狗用爪子扒乱并弄脏了多米诺骨牌。"干得漂亮，福克纳。"玛丽亚·克拉拉叫道，一般来说，她难以容忍儿子养的这只小畜生，它差点儿肢解了之前的那只猫。此时我去接门铃电话，正好门房说我儿子到了。我带着狗跑下楼，到了大门口，碰上一个光头大个子，他刚打了我儿子一记耳光。我大声呵斥他，怒火中烧，但我绝无可能和这个巨人搏斗。这狗，本该保卫它的主人，却只是伸着舌头流口水。这个粗鄙之人推了我一把，指着他坐在地上的儿子。那是个和爸爸一样胖的男孩，在那里哭泣，一只眼睛肿着，满嘴是血。我很抱歉，但孩子之间打架，不意味着你有权打我的儿子。

"滚一边去。"他说，"我不认识你。"

"我也不认识你。"

"你住在这栋楼里？"

"不关你事。"

"你是这里的居民吗？是，还是不是？"

"我在这里住了十三年。"

"他是不是这里的居民？"

"不是，先生。"门房回答。

大块头拉开夹克，拔出一把左轮手枪：

"那就给我滚出去。"

"冷静，小伙子。"

"立马给我滚。"

然后我儿子说：

"杜阿尔特，我们去海滩吧。"

我想跳进前方的水域，但狗决定在沙滩上跳跃，在救生点前扎猛子。海面风平浪静，很适合上游泳课，一开始，扶着儿子赤裸的腰，我感到一阵古怪的羞怯。托着儿子的肚子，让他手脚并用划水，这是人们指望一个父亲做到的最低限度的事，可正在这时，阿热诺尔闯入水中，插手我的游泳课。他高高抛起孩子，任由他沉进水里，托起他，放开他，招呼他游向自己，孩子便抓住了他那像树干一样粗糙的脖子。他把孩子扔得更远，喊他游回来，背起了手，向后退，又往后退了一点，来激励他，儿子便又游过来，挂在叔叔身上，像上次一样。他假装要把孩子交给我，为的是看孩子冷落我，以此为乐，然后发出一阵爽朗的笑声，把孩子紧紧抱在臂弯里。这人大概认为，一朝救我性命，就有权支配我的余生，甚至取代我做父亲的位置。他让孩子骑在肩上，走出海水，同时感慨说最近没见到我，问我是否一直忙于写书。我咽回嘴边的话，毕竟不能回答说，我忙于和他老婆一起待在酒店，以及如果我是他，我不会允许她穿那条勾勒出她那美丽臀部线条的热裤上街。丽贝卡好极了，他说，她最近没提起要离开，也不说山顶石头的威胁了。她甚至还点评了她家乡城市的一起犯罪，赞同说这里暂时还没有恐怖主义。她打算为朋友们准备一场烤肉聚会，我和儿子当然也在受邀之列。她把这场聚餐定在了母亲节的那个周日，在阿热诺尔听来，这像是暗示。他，一个没有孩子的人，为了能有一个黑白混血儿，可以不惜一切。

▪ 2019 年 5 月 5 日

"开门，你个废物！"

那是一句低声的怒吼，从门厅最里面传出。门房跑着来打开电梯。一个身材矮小、打着领带的年轻人痛骂这位员工来得慢了：

"这个废物还没学会，有人从电梯里出来时也要开门，而不是只有进电梯时才要开门。"

| 这帮人 |

我没听说过这种礼数，于是，小矮子叫我"你个垃圾"，因为我不但没有肯定他，反而像在嘲笑他。事实上，我正感到心满意足，因为我有幸带着一瓶水晶香槟，罗萨内的最爱，作为生日礼物送给她。我不知她是否在家，于是想把这件礼物放在门房处，留一张字条，但门房尚未从惊慌失措中缓过来，冒失地接通了罗萨内的公寓。罗萨内要求我上去，身穿浴袍接待了我，因为她准备去洗澡。她轻轻吻了我的嘴，作为对香槟的答谢，并感到生活幸福，因为她觉得我是接受了在她情人家庆祝这个日子。她为我倒上威士忌，因为没时间来冷藏香槟了，然后，她在去房间的路上解下浴袍，我也在那里脱下衣服，随后躺上她的床。她没有立即在我身边躺下，而是从衣柜里拿出她的晚礼服，展示给我看，那是一条印花长裙，带有条纹和星星，令我想到美国国旗。然后，她从床头柜上拿来从继子那里得到的礼物，那是一个橡皮小丑，一按就会从红鼻子里喷出可卡因烟雾。她想要我吸这粉末，好在今夜更潇洒自如，但我一再声明我是不会吸的，我无意和那个老窥淫癖交朋友。"你简直是个乡巴佬。"她说。当罗萨内这样喜怒无常的女人生气时，连门都遭罪，浴室的那扇门在我们结婚的三年里经受了太多次暴击，再也关不严实了。我瘫在床尾，这下听见了淋浴间的门被摔上，那是防碎玻璃做的，紧接着，喷头里的水哗哗流下。她知道，我会照习惯坐在马桶上看她洗澡，现在，洗发水的泡沫正顺着她乌黑的头发流下古铜色的皮肤。她从容地把香皂抹上肩膀、手臂、腋下，略过了那无比挺立的乳房，那乳房较平常更大了一些，比起穿着衣服的罗萨内，我更了解裸体的她。然而，随着她继续往下，把香皂抹满全身，水雾升起来，弥漫在她的腿边，不一会儿就白茫茫地遮住了整个淋浴间的玻璃。现在，我只隐约看见一个移动的剪影，我越看不见罗萨内，便越是渴望她。我一下子走进淋浴间，准备好满足她的一切欲求，包括站着亲热，但当真的在做时，我却突然幻想自己正和丽贝卡在一起。

▪ 2019 年 5 月 6 日

　　杜阿尔特应该是梦见丽贝卡了，因为微微睁开眼睛时，他还以为躺在他右边的是她，说不定是在尼迈耶大街上的哪家汽车旅馆里。他随后注意到她染成金色的头发，然后轻轻掀开被单，看见一个比他还老的女人的身体。他不认识她的脸，那脸上的睫毛膏在枕头上留下晕染开的污渍，他也不认识这间高层高的宽敞房间，这像是里约热内卢的那些老公寓。透过半透明的窗帘，能依稀看见弗拉门戈海滩，正像从他父母房间里望见的那样，有一瞬间，他似乎和活过来的母亲躺在了一起。他害怕惊醒女主人，轻手轻脚地把自己的衣服从地上捡起，随后，费了好大劲才解开一条手环，那上面用荧光的字母写着"杜阿尔特"。这时，他想起是罗萨内把手环系到他手腕上的，那时，他们正坐在车上，从宴会的安保人员身边经过，开车的是这家主人的司机。房子在古树环绕的公园里，是一栋新古典主义风格的建筑，带着陶立克式的柱子，建在一座鸟瞰瓜纳巴拉湾的小山上。穿过大门入场时，杜阿尔特感觉大厅仿佛上下颠倒，但随即意识到，房子里所有的灯光都来自镶嵌在地板上的乳白色玻璃灯圈。他大肆夸赞了罗萨内设计的照明系统，她这时已经不在他身边了，一个侍者走下来，从他身旁经过，像是红心J上的侍卫。杜阿尔特在宴会上游荡，喝着香槟，观察穿着迷你裙、跟着电子音乐跳舞的女孩们，LED灯光照得她们大腿发白。自腰部以上，舞者们就进入了阴影区域，定制的手环在高高举起的手臂上发着荧光。他们或独自跳舞，或结成舞伴却不看对方，而是出神地盯着天花板上自己摇摆的细长影子，倘若杜阿尔特不是在混淆记忆与梦境的话。

　　醒来之后，他洗完脸，又在装饰艺术风格的厕所里漱了口，因为不愿用女主人的牙刷。然后，他回忆起自己梦游般地接连穿过几个大厅，在隔开每个大厅的门槛处，都有一位侍者收回他半满的酒杯，新换上一杯满满溢出的冰香槟。他在某一刻自问，到底为何要孤身一人出现在宴会上，在那座希腊-罗马风格的豪宅，从下水道排出的水晶香槟抵得上上千瓶他送给罗萨内的那种。正走到第六或第七个大厅时，他看见一张熟悉的面孔，那张熟悉的面孔看到他时，也正走到第七或第六个大厅。他们同时举杯向对方致意，但就在看到对方手腕上的"特尔阿杜"前，他明白过来，最后一间大厅的墙是一整面巨大的镜子。不管怎样，他满足于看到自己变得年轻了，也许是因为从下往上的灯光淡化了他的黑眼圈和皱纹。此时罗萨内又出现在他面前，炫耀右手无名指上一枚华丽的订婚戒指，并向他介绍未婚夫，一个驼背的拿破仑，顶着一张近乎稚嫩的脸。然而，贴近了看，他的皮肤如瓷器般光滑，必然更多是整形手术而非灯光照射的结果。他是那种老好人，嘴边永远挂着微笑，握住杜阿尔特的手用力摇晃了好一会儿，惊叹他上相，因为他在小罗萨内的照片上看起来要年轻得多。你也没小罗萨内描绘的那么瘦高，那老头说，尽管他本人穿着高跟靴还不到一米六。至于杜阿尔特的休闲鞋，他没发表意见，因为被随从中的一位男士打断了。那是位目光敏锐的绅士，他看到杜阿尔特手腕上的名字，问那位大作家是否就是他本人。他请求罗萨内给他们拍一张合影，手机的闪光灯吸引来更多好奇的人。不一会儿，就聚集了一群人，来与这位名人来客自拍，这一大群漂亮女人令他仿佛重回自己的黄金时代，回到那人头攒动的签售会。他偷瞄她们手环上的名字，自娱自乐地用他以前写赠辞的那种风格即兴创作，那时，签售会队伍里的人们会认出书里写给她们的小纸条：埃莱娜，塞壬般天籁；韦罗妮卡，沉默女孩……玛丽亚·克拉拉是那个不喜欢这种庸俗玩笑的人，她早已拒绝出席他小说的发布会了。杜阿尔特为所欲为，开始有人陪着离开会场，但并不是所有人都是风流情场上任他沾惹的花草。有血有肉的他并不总能满足苛刻的女读者的期待，她们仰慕的是他文学上的形象。现在，面对这些美丽却没文化的"女粉丝"——她们连"叙

| 这帮人 |

事主人公"是什么都不知道，他打一个响指，就足以让她们屈服于他最隐秘的欲望：吉尔达·雷纳塔，你会乞求我的鞭挞；多丽丝·凯特，你会吮吸我的……一位最年长的女士打断了这队望眼欲穿的女孩，她戴着数不清几层的珍珠项链，拉着他的胳膊，在他耳边小声说着听不懂的话。她应该是这家的人，因为没戴手环，他费了好大劲才相信，这位贵妇要他嘴对嘴吻她。随后她要他吻第二次，并点评说，罗萨内说得对，他吻得是很好。她想要更多，要了第三次，杜阿尔特感谢一个驼背小矮子打断这一切："够了，妈咪！"这个意外事件发生后，排着队任他摆布的小姑娘们也散了，他再路遇那些方才成为他仰慕者的人时，他们已经装作不认识他了。这样一来，宴会就对杜阿尔特失去了吸引力，他决定低调离开，忘记一切。

故地重游，房子看上去总会比我们记忆中的要小，但这次恰恰相反，这间公寓的客厅是杜阿尔特父母那间的四倍。很可能女主人把连着的几间公寓合并到了一起，但从望向沙滩和堤岸边公园的角度来看，已无需怀疑，杜阿尔特正身处他长大的那栋楼的同一层。与其感到宾至如归，躺进单人沙发里，不如向女佣要一杯咖啡，摇头晃脑地读报纸，与其变得像他父亲一样，杜阿尔特觉得还是抓紧离开为好。不过，他并不排斥八卦相框里的那些照片。这时他发现，房子的女主人，也就是睡在他身边的那位面容扭曲的夫人，居然是拿破仑·马梅德的前妻。照片里是曾经的她，和丈夫绕世界摆造型拍照，有时是跟那和父亲一样矮小的儿子一起。照片里的儿子还是个半大小子，但这个小矮子让他想起不久前看到过的一个人，对了，就是那个在罗萨内家电梯前大吵大闹的白痴。再仔细看，他也是那个在宴会上大喊"够了，妈咪！"的驼背低能儿。现在，杜阿尔特只差想起他是如何离开那个地方的了，如果他足够了解自己，就不会畏惧花三个小时走下山，带着满脑子关于小说的想法回到家里。然而，这并没有发生，因为一走下公园的山坡，他就被一辆黑色的车载走了，正是带他和罗萨内过来的那个司机为他开了门。在后座，杜阿尔特遇到的不是罗萨内，而是前马梅德夫人，那位"妈咪"。

| 这帮人 |

■ **圣保罗，2019 年 5 月 9 日**

亲爱的朋友：

很难不与你分享，对发行在即的《宫中阉伶》精装版将带来的反响，我充满信心。仅在我们网站打出广告一周后，预售量就远超我们的最高估计，在巴西这边，在葡萄牙那"弹丸小国"，都是如此。本来，受封皮涨价影响，我们限量印刷，但销售部已经重新考虑，把印刷量提高了许多倍。作为"副作用"，我们已经能感觉到市场上对面向所有人的普通版《宫中阉伶》有强劲需求，额外增加的一次重印也刚得到批准。有鉴于此，若你有小说合同之外的其他顾虑需要解决，请尽管向我要更多的资源。

我熟悉你的天性，不相信你会"幸灾乐祸"，但必须向你私下坦白，我们对出版社里那位最年轻作家的期待落空了。我也被迫辞退了对高估他负有责任的人，因为无数的库存积压会给我们造成了重大损失。比令人失望的销量更糟糕的，是批评界对它的态度，这很可能会扼杀这位年轻作家的未来。此外，还有一篇发在周刊上的书评不无道理，说这本书中即便有少许亮眼之处，若放在杜阿尔特的作品里也一文不值。私下里，各报纸和杂志的文化编辑都问我，何时才能等到你的新作品。

之前我给玛丽亚·克拉拉写信了，得知了她的健康问题。我代表全出版社祝愿她好起来，我们喜爱并钦佩她，不仅因为她是你曾相伴多年的妻子，也因为她是出版社迄今遇到过的最好的译者。我也知道，玛丽亚·克拉拉语言学知识渊博，偶尔也以一些轻微而宝贵的"点拨"为你润色。若这次无法依靠她，请知悉，出版社里聘有编辑界的翘楚。你应该也知道，世界上最杰出的作家也难免遇到困局，而有时编辑从旁观者的视角却能轻松解决。尽管你出了名的谦虚，自认为现阶段写下的不过是草稿，我仍建议你尽快寄给我们稿子。这部小说务必要在今年之内出来，这样它就能趁《宫中阉伶》的成功之势扶摇直上，也能赶上圣诞节的商机。

　　友爱地拥抱。

                                                        佩特鲁斯

▪ 2019 年 5 月 12 日

若我描述你光彩的眼神

又细数你所有的窈窕

他们会笑诗人

以天仙之美写凡人的容貌[1]

---

1 出自莎士比亚的十四行诗。

莱拉朗诵着莎士比亚，开了门，随即回到房间，紧挨着玛丽亚·克拉拉靠在堆满书的床上。她们继续读书，毫不在意我，也不在意那束红玫瑰，我带给玛丽亚·克拉拉的母亲节礼物。看来，读书胜过极限运动，莱拉甚至可以关上窗户，在房间里抽高希霸雪茄[1]。这样一来，我的儿子得到了那已经归他所有的东西，他抱着跟他身高相仿的银色冲浪板，在客厅里迫不及待地等我。然而，我们的冲浪要改天了，因为不如他所料，阿热诺尔并不住在救生点，烤肉派对也不开在沙滩上。

对于带狗乘车这件事，出租车司机本已心生不喜，我提出付他三倍车费，他才同意开上贫民窟。维迪加尔贫民窟底下的一支巡逻队截住我们，问我们此行的目的地，于是我懂了，报阿热诺尔的名字，等于戴上了 VIP 手环，因为警察给我们指了最佳路线，就差找人开路了。门开着，我们走进房子，上了三段楼梯，来到露台，露台的大半是一个方形游泳池，蓝色的玻璃纤维材质，深一米五多，嵌在地面的石板上。阿热诺尔和丽

1　高希霸（Cohiba）是古巴雪茄品牌，其产品曾一度专供给卡斯特罗等古巴共产党和古巴政府的高级官员。

贝卡正蹲着，铺开烤肉的木炭，而客人们喝着啤酒，在屋顶的阴影下欣赏风景。那里有几个女人，穿着遮不住臀部的紧身牛仔短裤；两三个超重的士官，身着暗色帆布制服；几个穿着拖鞋、敞开上衣露出肚子的普通百姓；还有一个人，身着全套黑色正装，衣领紧扣。没人注意到我们来了，直到福克纳弹跳而起，纵身一跃，伴随着巨大的水花声扎进游泳池里，一个警察条件反射地给手枪上了膛。阿热诺尔发出他那种大笑，来向我们问好，假装要同意孩子的请求，让他不脱衣服就跳进泳池里，以此来吓唬我。他向朋友们介绍说我是著名作家，他们毫不在意；于是，在阿热诺尔的小屋里，我感到像在拿破仑·马梅德的府邸时那般无所适从。说不定我能跟着丽贝卡融入大家，我送了她一枝红玫瑰和一本英 - 葡 / 葡 - 英字典当礼物。她高兴得小跳了起来，吻我的脸颊，跑下楼梯，换上比基尼回来，和我儿子一起跳进游泳池。她给他做水下动作示范，在四米长的泳池来回地游，过去又回来，过去又回来，过去又回来。每当她接近池边，我就停下来欣赏她翻身掉头，阿热诺尔对我开玩笑，说写他老婆时注意点内容，我不知这玩笑是否有几分认真。

以防万一，我提出帮他烤肉，他正在那里准备牛的上腰肉。那是一块三角形的生肉，他左手把肉紧压在一块板子上，同时右手拿一根两头尖的烤串签从中穿过。一点点穿过那柔软的肉时，他的脸上流露出明显的幸福，那肉有时会给他些阻力。他仿佛是个神经质的好事之徒，近乎暴怒地穿签子、撕肉，任由额头上的汗水滴到肉上。终于，他把烤串放在炭火上方一拃高的金属支架上，然后，他一边在板子上摆香肠，一边建议我在上腰肉表面开始渗血时翻面。看我走近，那些客人压低了说话的音量，但我正好能听见，女人抱怨着匪帮，男人在讨论武器的品牌。丽贝卡已经换上白色热裤和"Hocus Pocus"短袖，拿着一口盛有炒木薯粉的大锅出现在我们面前，招呼朋友们来品尝第一轮烤肉，阿热诺尔用一把屠宰刀把肉切成了片。

　　夜幕降临，丽贝卡、儿子和我坐在游泳池的台阶上，把骨头扔给狗。这时，阿热诺尔在角落里叫我。我以为那是让我远离丽贝卡的借口，但他其实是在满足那个不合群的家伙的请求，那个穿深色西装，紧扣衣领的人。那是他的朋友，迪纳马尔科牧师，他以对上帝的赞美向我问好，并对我的书表示好奇：书是否会聚焦贫民窟的生活、艺术和文化现象？是的，这下连我自己都跟上了帕戈吉[1]乐队的节奏，他们在棚户里，用铃鼓、阿塔巴克鼓[2]、吉他和四弦吉他伴奏。然而，牧师看着那群人，眼里显然带着鄙夷，想必他是福音音乐那一派的。他想知道我是否听说过阉人歌手，他们过去很有人气，不输当下的流行歌星。当然，在这个领域我是专家，从写那本很快就将重返书市的小说时起，我就研究过这方面内容。于是，迪纳马尔科牧师对我讲，里约的许多底层社区里开始冒出这种歌手。然而，他们都不能与这股潮流的先锋相提并论，这位先锋人物长期以来都是这个时代最优秀的阉人高音歌手，而他正巧是维迪加尔的居民。说着，牧师向一直待在帕戈吉边缘的两个女人打了个手势，一个矮胖，另一个高大。对着那矮胖的女人，迪纳马尔科牧师试图解释，在我这样有名的作家的书里，提一次埃韦拉尔多·卡宁德的名字，这意味着什么。若她能够讲述她儿子那传奇的故事，说不定我心血来潮，给他一整个章节呢。那女人也

1　帕戈吉（pagode）是桑巴音乐风格的别称。
2　阿塔巴克鼓（atabaque）是一种瘦高的木制手鼓，是非裔巴西文化中常用的乐器。

不多客气：若从头说起，她发誓，小男孩还在她肚子里的时候，就在聆听和欣赏她的桑巴和马孔巴唱段了。她甚至都无法睡觉，因为若她停下，他就感到不满，会抗议，会踢她：

"先生在书里可以这么写：对小男孩来说，音乐就和胎盘一样。"

后来，她拥抱了基督，离开了那群游手好闲之徒，开始在一位坏脾气的葡萄牙女士家里工作。这位夫人的丈夫，作恶多端的意大利指挥家，在教小男孩歌剧时诱奸了他，她不想自己的儿子被侵犯，就辞去了工作。结果她儿子倒没变成同类人，却也不再是完整的男人了，都是牧师干的好事。

"是热尔塞牧师。"迪纳马尔科牧师补上。

"热尔塞牧师在教堂里开了一个地下堕胎诊所，和下面的药剂师合办的。"

"那时我还只是个传道人。"

"热尔塞牧师对我的小男孩干了那见不得人的事。给他看，孩子！"

她对那个高大女人说，那高大女人实际上是个看不出年龄的男人，没有胡须，像母亲一样丰乳肥臀。

"给作家看你的生殖器，孩子！"

我丝毫不想看，于是对她说，为了不惊吓到读者，生殖器在我的书里是不会出现的。

"如果只是为了切掉睾丸，为什么要切这么乱。我都觉得牧师在用屠刀阉割我的小孩。"

"是热尔塞牧师，我们要说清楚。"

"作家博士还可以在书里引用先知撒迦利亚：无用的牧人丢弃羊群有祸了；刀必临到他的膀臂和右眼上，他的膀臂必全然枯干，他的右眼也必昏暗失明。"[1]

迪纳马尔科牧师承认，真福教堂的前辈犯下了贪婪的罪，用更便宜的劳动力取代了他这位学生，那些男孩却没有同等的天赋来表演这崇高的艺术。即便如此，他和指挥家菲奥伦蒂诺及宗教团体的共同努力仍值得赞扬，因为他们用音乐抚慰与启迪了众多年轻人，若非如此，这些年轻人现在不是在犯罪，就是已经进了坟墓。牧师说，若埃韦拉尔多的母亲把儿子交给他，

---

1 出自《圣经·旧约》撒迦利亚书 11:17。

这帮人

孩子将取得比在热尔塞手中更大的成功。他的演唱曲目可能会包含民谣曲集中的经典作品、巴西乡村音乐[1]和摇滚，因为在天使的嗓音里，没有不神圣的音乐。用埃韦拉尔多·卡宁德的嗓音，即使是唱这群黑人的放克，都能令上帝的耳朵愉悦，牧师指着这支帕戈吉乐队说道：

联合起来，流浪汉们

主持正义的来了

是真枪实弹，是真枪实弹

是手枪、步枪、霰弹枪

我刚想着带儿子离开，丽贝卡打断了合唱，把吉他递给阿热诺尔：

给我伴奏，亲爱的，弹奥菲欧那首歌：

1　此处将 "sertanejo" 译为 "巴西乡村音乐"，这是当下巴西最流行的音乐风格之一，表演者一般为二人组合，一人演唱，一人弹奏吉他。"sertanejo" 这一名称来自于巴西东北部的 "腹地"（sertão）。

清晨，多美丽的清晨

生命里的一曲新歌

"跟着她唱，孩子。"母亲发话了。

埃韦拉尔多·卡宁德双手交叉，闭上眼睛，当他发出他那歌剧演唱家的声音，帕戈吉乐队的所有人都安静下来，丽贝卡流下了眼泪，狗都在他唱到高音时战栗：

歌唱啊我的心

快乐又回来了

这爱情的清晨如此幸福

▪ **2019 年 5 月 25 日**

亲爱的：

　　给你写信，首先是要告诉你，从我们亲爱的编辑那里得知
消息后，我备感喜悦。我迫不及待地想看你的下一本小说，我
还有一点点嫉妒，因为我被剥夺最先看到你手稿的资格了，自
从你用《宫中阉伶》那本书征服我之后，我一直都是最先读到
的。不过，在电话里谈过以后，佩特鲁斯说服我，让一个专业

的修订团队来接管这本小说，会比我在当前状态下能做到的更好。你从不过问，但我常感到昏沉嗜睡，连翻译莎士比亚的工作都受到了影响。

我之所以能歇会儿，也是因为知道你对我们的儿子给予了些许关注；据科瓦列斯基医生说，对刚进入青春期的孩子而言，父亲的形象对其社交能力发展有着决定性的影响。以防你不记得，这孩子快满十二岁了，或者说，他已经不再是孩子了。不过，我应该提醒你，若说他童年的危机已经得到应对和缓和，这孩子的青少年期看起来却会更加动荡。上个星期，没什么原因，也不为了什么，他用冲浪板打了莱拉的头。可怜的姑娘差点没失去知觉，从那以后，她就会锁上我们房间的门，也是因为福克纳在外面不知疲倦地叫。跟我，这孩子已经是一句话也不说了，甚至都不会向我要三明治吃，而是自己在厨房里胡乱弄点吃的。做作业有困难时，他不向我求助，而是和狗一起去海滩游泳。他若需要钱，就给我写便条，我就不给你看了，免得你被他的语法折磨。

我新起一段，让你喘口气，接下来要读到的事，你一定已

| 这帮人 |

经预感到了。科瓦列斯基揶揄我说，和儿子同住可能会使我进入一种慢性应激的模式。你很清楚，杜阿尔特，到现在为止，我一直独自肩负着抚养儿子的责任。现在终于到你承担起全部职责的时候了，我欣慰地得知，你的经济窘境已得到缓解。你可以去布置好你的公寓，好顺顺当当地迎接孩子，我建议你雇个家政工，给他提供健康的饮食。鉴于用人往往住得很远，你得每天早上六点钟起床，这样在叫醒儿子时，桌上就已经摆好了加奶的咖啡，和抹上黄油的烤面包片。等他去了学校，狗喂了食也遛过之后，你终于能给你的书留出清静的时间了。这还是在家政工不旷工的情况下，而他们在单身男性家旷工旷得尤其厉害，因为这些单身男性注意不到家具上的灰尘，不会去看地毯下面，也不监管他们的工作时长。这种日子里，你就要和孩子在外面吃午饭，最好是去个购物中心，在那里他能跟狗玩一下午，而你可以读着报纸，跟年轻的妈妈们拉家常。晚上，每当你规划去看一场电影，去吃一次晚餐，或和新认识的女人去喝酒，都能想到儿子可能会发高烧、打寒战。这样一来，很不幸，还没等开始恋爱，你就会一个接一个地失去你的情人，但我向你保证，多美好的爱情都比不上孩子的爱。

我拜托你马上采取行动，不要耽搁，因为我们这边正在准备搬去里斯本。莱拉相信，对她这样的左派或是我这样广义上的知识分子而言，国内的环境很快将变得难以忍受。直到不久前，你还可以被归为其中一类，尽管不尽然。但现在，既然你在近来经常光顾的那些圈子里建立了特权关系，那你就得以免于仇恨和危险了。莱拉最近给我看了一篇报道，就在一本我用于解忧的那种消遣杂志上，你出现在那个婊子和她情夫的派对上。据我女伴说，这人是个大地主，以利用当局疏忽——且不说是默许——掠夺亚马孙雨林原住民的土地而闻名。因此，他的来宾中满是与政府有关联的政客也不足为奇。你也放任自己喜笑颜开地和部长的年轻女儿合影，何况她还漂亮极了，只不过在照片的文字描述里，你的名字被印成了"杜特尔特"，真是遗憾。我只求你一件事：如果你碰巧被邀请去庆祝某个六月节[1]，或者，也说不定是这伙人在家里办的泳池派对，别带上

1　六月节（festas juninas）指巴西六月的一系列节庆活动，起源于葡萄牙的圣安东尼奥节（Festa de Santo Antônio，6 月 13 日）、圣若昂节（Festa de São João，6 月 24 日）和圣佩德罗与圣保罗节（Festa de São Pedro e São Paulo，6 月 29 日）等民俗圣人节日。

我儿子，否则就是在恶心我。

最后，再次表达我对你小说前途的美好预期。无论其余一切如何，我永远欣赏作家杜阿尔特，为你喝彩。

吻你。

玛丽亚·克拉拉

▪ 2019 年 6 月 10 日

　　我答应过儿子，要带他去太平洋边的海滩看几站世界冲浪锦标赛。我们旅行期间，罗萨内正好可以设计装修孩子的房间，让他在搬来与我住时感受到关心。旅行和搬家马上就可以开始了，只待我完成这本书，大约还要三个月，这三个月对玛丽亚·克拉拉来说像永恒一样漫长。她提醒我，在她的指挥下，我曾经三个月内就写出一整本三百页的小说。我承认，像今天这样的早晨，我把时间花在了关注国内愁云惨淡的新闻上，但也许潜意识里，我在用全部的时间酝酿一种新的写作风格。如果玛丽亚·克拉拉不总和闺蜜一起沉迷于说东道西，她本可以从窗口见证我每日苦心琢磨，走上山坡，走下山坡。正是现在，我走到了步道上，路过救生点，阿热诺尔见到我这般若有所思的样子，竖起大拇指，愿上帝与我同在。我了无兴致地晃过一个又一个售货亭，经过阿拉公园[1]，到了伊帕内玛、乡村俱乐部的墙壁，我到罗萨内的窗前时才分了神，那里放着总统的金色人偶，现在还戴上将军帽了。我开始想，我在这间公寓住了三年，却从未驻足观赏过窗外的景色，我本可以在这里构想出多少沉思的诗歌。倘若我不是在走了又走的路上磨坏鞋底，而是像罗萨内的人偶般一动不动，看着起浪的大海、涌动的海浪、座头鲸、海豚和秋天太阳下喧嚣的海滩，我写出的文学必然会是另外一种。那几乎像是，我不是把文字放到纸上，而是看着文字在我的笔尖下流动。比如，今天，我本可以毫不费力，以一位站在窗边的将军的视角编一个故事。这个故事将以客观的语句

1　阿拉公园（Jardim de Alá）位于里约热内卢伊帕内玛与莱伯伦之间。

组成，不带装饰。不用条件式。现在是周一15点27分。不算那些孩子，再除去4%到5%的游客，那就是个堆满懒汉的海滩。这就是巴西。沙滩板球，水边的颠球游戏，没被禁止吗？谁来整治乱象？卖马黛茶、啤酒、木薯粉饼干和烤虾串的小贩，违反了卫生监管条例。穿丁字裤的基佬。多得数不过来的基佬。年轻人逃学来打扑克。我的望远镜呢？他们手里传递的是一根大麻烟。这就是巴西。一个黑人突然跑了起来，被截住了。十个、二十个泳客追着他。他们抓住这个黑人，要处以私刑。两个黑白混血的军警来了，把黑人和人群分开。殴打这个黑人的权力属于他们。他们上去勒住这人，强行掰开他的嘴。把金项链还给受害者。那是个浅肤色的混血女人，身材好，忍着恶心接过项链。他们把黑人押上警车。他被捕了。他会在警察局被打得像狗一样，但会被释放，因为"未到年龄"。这样的大个子，十五岁，又是一个游走在街头的犯罪分子。这就是巴西。需要有人来整治乱象。这时，身材好的女人被一个老流氓护送着离开了沙滩。在步道上，他们被一位旁观这一切的先生拦住了。袖手旁观的那位先生是我，杜阿尔特。性感的女人是罗萨内，流氓是富尔维奥·卡斯特洛·布兰科。

我开始与罗萨内约会时，她正在和一个布鲁斯歌手交往。这坏女人非得让我们俩见面才肯罢休，最后我同意假装在书店偶遇。明面上，我是她创意写作工作坊的老师。从那以后，她多次把我们聚在一起，时而是在文学座谈会上，时而是在音乐会上，甚至是在体育馆一起看自由搏击比赛，她是自由搏击爱好者。她开始推动我们三人在酒吧和餐馆会面，她坐在我们面前，为了更好地比较我们。她还带着我们去购物，像有钱女人常做的那样，试一整个下午的衣服、包或鞋。她走出试衣间来征求我们的意见，我们总是有分歧，但一旦他和我奇迹般地达成共识，她就会发火，两手空空地离开商店。罗萨内并不觉得长期"一妻二夫"有多高贵，她只是难以在我们两人间抉择，于是，在差不多三个月的时间里，她仿佛穿着两只不一样的鞋走路。她最终选择了我，同时踢走了那位布鲁斯歌手，再也没见过他，据我所知是这样的。我从不自欺欺人地幻想她可能会忠诚于我，但反正我也不乐意加入她那搏击运动。很有可能，她曾经爱上过哪个客户，但由于我拒绝和情敌一起约会，她最终还是和我待在一起，在电视上看自由搏击，她的风流韵事也就淡去了。我回想起这些，是因为罗萨内正让我和富尔维奥一起上楼去她的公寓。电梯里，她站在我们两人中间，一副志得意满的样子。她轮流看我们，一边看，一边笑着，但也可能是因为拿回了金项链才如此心满意足，她的脖子上有道抓痕，和我那天在玛丽亚·克拉拉背上看到的一样。到家以后，她请求失陪一下去洗澡，但我毫不怀疑，她去那扇门后的目的在于窥视我们的对决。

富尔维奥身穿短袖、短裤和人字拖，绕着客厅随心所欲地走，在地板上留下带沙子的脚印。他看着风景，把将军帽戴到自己头上，从橱柜里拿出一瓶威士忌，在厨房里找到一桶冰，给我倒了一杯。我什么都没问，他就对我解释，今天下午他和罗萨内一起在沙滩上，是因为他是拿破仑·马梅德的律师。然后补充道：

"为什么要在沙滩？"

这讼棍采用了老旧的学究式修辞法，自问自答，其实回答已经话到嘴边：

| 这帮人 |

"因为我的电话被监听了，WhatsApp 和 Telegram 也是，更不用说那些层出不穷的监视方法，逼得我每天都得清理办公室。"

他一边说，一边指着客厅的墙，暗示罗萨内的公寓也同样是监听的对象。

"我和罗萨内谈论有关客户的事，是不是不太合适？不是的，因为只有她有这个优势接近继子，让他别再惹事。小拿破仑很倾心于她，若不是她如此脾气暴躁，他就会上了罗萨内，以报复父亲的侮辱。"

富尔维奥提高了音量，像是在对墙说，保证拿破仑·马梅德的事务都恪守法律边界。至于对拿破仑的儿子，光诚实还不够，还得看上去诚实：

"不到一个月前，这小伙子从亚马孙雨林回来，降落在桑托斯·杜蒙机场，在父亲的喷气式小飞机里带了八十公斤可卡因。我累得半死，才平息这桩丑闻，认定现场罪证是马梅德家族的敌对势力编造的。有坚实的证据显示，几群武装活动人士煽动了入侵和骚乱，就在我当事人靠近哥伦比亚边境的住宅里。

就连我的妻子丹妮斯——尽管她同情'饥寒交迫的奴隶们'，也同意说，这帮土匪做得过分了。更不能无视的是，这些激进政治团体还和该国残余的武装贩毒集团有联系。"

富尔维奥看起来迷上了他自己的演讲，他没发现，不管是他的政治观点还是职业活动，对我来说都不重要。他和罗萨内是不是有一腿也不关我事。

"绅士都是健忘的，这你也知道，但就算我和她很久以前有过什么，也都结束在了我把她介绍给我客户的那一天。我非常抱歉，但那时我也猜不到你们还结着婚。如果你想知道，我今年只来过罗萨内家一次，当时她不断求我帮一帮她身无分文的前夫。我也尽力了，记得吧？"

酒喝到空荡荡的胃里并不舒服，我离开公寓，没等罗萨内出来，这时我感到头晕，便靠在大厅的墙壁上。电梯是拉丝钢做成的胶囊，不留气孔，像坟墓一样幽闭，到地面时，我直冒冷汗。去开门的那一下，我几乎扑倒在地，因为门房先我一步打开了门。

- **2019 年 6 月 20 日**

　　医生一边戴上右手的乳胶手套，一边问我是否相信上帝。死后的生命呢，不相信吗？有限性，他问我如何应对有限性，然后，见我以胎儿的姿势陷入深思，他便顺势把手指伸进了我的屁股。前列腺质地良好，触感像海绵，有一点点肿胀，但在我这个年龄的正常范围内。然后，他仔细检查了我的睾丸，问我是否还想在这大千世界上留下后代。我浑身紧张，准备着新一次直肠指检，但他让我站起来，捏住鼻子，用力往手背上吹气。他摸着我的睾丸，诊断是否有精索静脉曲张，这种阴囊里的静脉曲张可能会导致不孕不育，补充的检查项目会表明我是否属于这种情况。如果是阳性，就结扎曲张的血管，很快就能做好，医保也能报销，当天我就可以离开医院，又能生育，又勾人情欲。但其实，再做一次父亲已经不在我的计划之中了，即便我爱上一个在生育年龄、荷尔蒙旺盛的年轻女人。若可以，我当然明天就要和这样的姑娘结婚，但不是为了她给我生个孩子，而是为了给我已有的儿子当慈爱的母亲。然而，在泌尿科医生看来，这样的女人我就算下辈子也遇不到。

若我相信上帝，就会跪倒在祂脚下，感谢祂没给我和罗萨内一个孩子。然后，为我和玛丽亚·克拉拉的孩子，向祂点上一支蜡烛，很久以后，我将靠孩子来度过残年。我自负地断定，只要我浪子回头，玛丽亚·克拉拉就会欢迎我回家，就像我爸爸总是用布满鲜花的家迎接妈妈那样。女人我当然是不会缺的，只要等哪天我发表了这本小说，但没有玛丽亚·克拉拉这样的女人在身边，我怎样才能写完一本小说？还有哪个女人能忍受我把她从睡梦中摇醒，让她帮我解决句法问题？有哪个女人会假装惊喜，在黎明时分吻我，只因我向她透露了叙事中新的突转？自暴自弃的夜里，我去找妓女，付加倍的钱，好在发生关系时不戴套，而其他时候，我付她们三倍的钱，才能不发生关系而只让她们听文学。若染上了病，我就及时回到泌尿科医生这里，反正他也不失为一个文化人；他发表过一篇关于海绵体充血的论文，我为其作序，换取他免我的出诊费。等到他触检我龟头时，也许我会向他透露我最新一章里的突转。

大海波涛汹涌，海浪翻滚，风沙卷起，我确认阿热诺尔在瞭望台就位了。他忙着看望远镜，应该眼前有够多要忙的，所以没看见我走过步道。就算他看到了，也会认为我是在回家的路上，当我心怀不轨地改道走上尼迈耶大街时，他就看不见我了。在贫民窟的入口，我打了一辆摩的，然后走进敞开门的房子，走上露台，在那里，丽贝卡全裸着，在游泳池里翻着跟头。我脱下衣服，试图模仿她，但她打手势让我吸满气，跟她一起垂直下潜。游泳池比看上去更深，它深入房子的三层楼之下，比这还要深，仿佛穿透维迪加尔贫民窟和它下面的岩石，通向一条地下河流，汇入海洋。水面上的灯光还能到达这个深度，在那里，丽贝卡绕着我旋转着身体游着，她的裸体使我眼花缭乱。她突然停下，对我张开双臂，而我却难以碰到她，她的身体捉不住。还没轮到我们，她边说，边吹出字母形状的泡泡，我立刻就读懂了。她借助我给她的字典，辨认我不认识的鱼，海鳝，银鲛，老虎鱼，还保护我免受洞穴里冒出的毒海葵的伤害。随着我们下沉到梭子鱼鱼群和珊瑚堆成的山之间，鲜艳的色彩让位于不同色调的蓝。在海底，我看到一条倒扣着的桨帆船，装满财宝和骷髅，我看到巨大的海龟，甚至还看到我儿子的冲浪板紧贴在海底，但此处丽贝卡纠正了我。那是一条大海鲢，或是叫大眼海鲢、印太海鲢、鲤形大海鲢、大西洋大海鲢，一条通体银白的笨拙大鱼，守在一条地缝的进口处，映成蓝色的丽贝卡向我指着那条地缝。那是一条狭小细长的隧道，她引我慢慢通过，手臂贴着身体，以免触碰壁上的火珊瑚。她带我准备好和深蓝相遇，然后，在隧道出口，我看到一片无限的深蓝色空间敞开。我感到我们仿佛沉入一片没有鱼也没有珊瑚的宇宙，也不见底，什么都没有。我们与生命的联系，仅有来时的隧道中照出的渐趋微弱的灯光，如同月亮挂在巨石做成的天幕上，如星辰，如火花。

"死在一起如何？"她睁大眼睛问我，仿佛在建议我再加一点吗啡。

"我觉得好极了。"

"我们下到海沟里去。"

"去吧……"

"去……"

"我从未感觉这么好过。"

"我也是。"

"是爱情？"

"是麻醉。"

若想返回，我已经感到乏力，也看不到来时的隧道。我尽全力辨认空间，除丽贝卡之外，我只能辨别出一个海蓝色的男人的身影，是阿热诺尔。他抓住丽贝卡的头发，开始拉她走，她并没有抵抗。我也想离开，我不是来一个人死的：

"再救我一次，阿热诺尔朋友。"

"上帝与你同在。"

在我面前出现的海怪和挨着我脚的食肉海绵之间，荒诞地响起了一阵电话铃声。是我家的电话，在这海沟里响个不停。

"喂。"

"杜阿尔特？"

"来救我，丽贝卡。"

"杜阿尔特？"

"是我。"

"杜阿尔特？"

"听着你的声音醒来真好。"

"杜阿尔特，注意听。"

"好的，丽贝卡。"

"来看你儿子。"

在一张贴在家门上的纸上，丽贝卡通知我，她在真福教堂，三号路，没有号码。我在小巷组成的迷宫里迷路了，一个居民给我指路，让我掉头，在第二条小巷里左转，然后在第三条右转，沿着瓦朗路走，一直走到一条铺方砖的楼梯。瓦朗是一条水泥筑成的水渠，污水露天流下，显然只有我闻得到它的臭气。披萨、汉堡、热狗、点心和啤酒，在管道上临时搭建的木板桥上卖着。在塑料杯、PET 塑料瓶和果皮之外，倒在污水沟里的还有鱼摊的骨头、鱼鳞和鱼内脏。残疾者求我施舍，黑人小男孩在通向教堂的楼梯上共用铝制烟斗。教堂里没举行礼拜，音响播放出一首 1970 年代的前卫摇滚，歌手用假声唱着。这首歌的名字是《Hocus Pocus》，丽贝卡对埃韦拉尔多·卡宁德的母亲解释，而埃韦拉尔多·卡宁德的儿子正驻扎在写着"耶稣"的亚克力讲道台后，艰难地重复着摇滚歌手的曲调。母亲不同意了，认为那歌又长又难，而且还没听过，没有歌词。那是因为埃韦拉尔多的英语还没有好到能唱摇滚，丽贝卡争论说。母亲反驳，说孩子跟着菲奥伦蒂诺指挥家，连德语都唱过。那你就去找指挥家吧，丽贝卡反驳着，关掉音乐，收起 CD。迪纳马尔科牧师帮丽贝卡说话，她是来这里当志愿者的，于是母亲驳斥说，最"志愿"的当属她儿子，他没见过出场费长什么样，还在排练时饿肚子。出教堂时，丽贝卡快跟我发火了，我看到她那张涨红了的脸，就像因为蟑螂和阿热诺尔吵架的时候一样。我说不出她的脸是否算得上漂亮，或多或少吧，但这种阿什肯纳兹[1]犹太女人总是令我着迷。我还觉得有趣的是，她走路时双脚内扣，有些稚气，在贫民窟错落不平的地面上更加明显。她领我走到教堂后面的果蔬园，在那里，我见到了我儿子，他蹲在地上挖坑，而福克纳登上贫民窟杂乱的阶梯后，正在圆白菜之间恢复体力。孩子早早出了家门，背上背着书包，手臂下夹着冲浪板，坚决要离家出走。由于没有同龄的朋友，他就想到了阿热诺尔的小屋。丽贝卡对他说妈妈会伤心，说这个时间他应该在学校里，都无济于事。丽贝卡相信，我可以彰显父亲的权威，但他头也不抬地告知我，学校他是无论如何都不会回的，因为他遭到了霸凌。我哈哈大笑，给他看，我也把小鸡鸡放在相反的一边，但随即得知，他们嘲笑他，是因为他的父母是左派。甚至连他的小女朋友，也在得知我儿子从未去过迪士

---

1 阿什肯纳兹（asquenaze）犹太人，指的是源于中世纪德国莱茵兰一带的犹太人后裔（阿什肯纳兹在近代指德国）。其中很多人自 10 世纪至 19 世纪期间向东欧迁移。从中世纪到 20 世纪中叶，他们普遍采用意第绪语或者斯拉夫语言作为通用语。其文化和宗教习俗受到周边其他国家的影响。

尼后，用班上另一个同学换掉了他。我说这简直荒谬，何况我已经答应他去加利福尼亚州的海滩旅游。那些乳臭未干的小孩重复着他们从家里听来的屁话，但若我儿子愿意，我可以穿着巴西国家足球队的球衣出席下一次家长会。然而，孩子想要转学到贫民窟的公立学校，那里没人会嘲笑他。这回笑的人是丽贝卡了，因为贫民窟的风气也没好到哪儿去。为了安慰小伙子，她在果蔬园里摘了一小把茄子，回到家和木薯粉一起做了道菜。他已坐在沙发上看电视了，边看边享用一桶爆米花。此时客厅里突然暗了下来，狗发出一阵吠叫。也许是被玉米的香味吸引，一头硕大无比的猪进了院子，几乎夹在了门框里。这畜生不伤人，丽贝卡担保，她给我使了个眼色，只是建议我儿子保护好睾丸，因为猪爱吃小男孩的蛋蛋。看他僵在那里，丽贝卡赶走了猪，准备好陪我们回家，说只要有机会，她就会来看他。她还承诺，会让小伙子周末住到贫民窟里来，只要他妈妈同意，并且他能学会并起腿睡觉。

| 这帮人 |

▪ 2019 年 7 月 2 日

　　玛丽亚·克拉拉和丽贝卡见到彼此的第一天,我来回看她们俩,为的不是像罗萨内那样比较她们,而是猜想她们会怎么看对方。玛丽亚·克拉拉对出现在她家门口的这个女孩是谁毫无头绪,同时丽贝卡一定很好奇,想结识我儿子的妈妈,和诞生我小说的那个家。对丽贝卡来说,玛丽亚·克拉拉是一个丰富得令人赞叹的女人,以她为模板,我为我的小说塑造出如此多样而逼真的女性人物。至于玛丽亚·克拉拉，她已经听够了我又在晚上溜出去，为这些人物寻找灵感，还有脸交给她赏析。为了文学，或是为了我们的婚姻，她忍下了我创作中最刺眼的段落，只修改零星几处语法上的不一致、不规范用语和易引起歧义的谐音，仿佛在教街头女子谈吐得体。但我现在向她介绍我未来女主角的原型，还随即把"丽贝卡"这几个字拍在她脸上，看上去是在挑战她的善意。雪上加霜的是，这个入侵者还任由儿子带着去他房间，在那里，我们和狗一起，关上门来听《Hocus Pocus》的唱片。是莱拉想办法让她们彼此接近的，她敲门，邀请丽贝卡来和玛丽亚·克拉拉一起玩多米诺骨牌：三个人一起玩更好。在玩这局的过程中，玛丽亚·克拉拉在女人们的东拉西扯后放心了一些，因为她得知这个外国女人婚姻幸福，她的丈夫是个叫阿热诺尔的矮壮黑人，还救过我的命。

第二天丽贝卡又来了，过一天又来，过一天又来，时间长了，玛丽亚·克拉拉就必须认识到，这个犹太女孩帮忙平息了孩子的冲动，重建了家庭的和谐。他只差还不想回学校，但当得知他在那里经历了什么之后，她也同情儿子，决定和莱拉一起去找学校理事会算账。甚至丽贝卡，本来不太关心政治，也在最后时刻加入了她们俩，她们在那儿穿着红色上衣，上面印有定制的镰刀和锤子图案。途中，她们在大街和公交车上受到敌视，甚至对着那所富二代的学校破口大骂，这里的人每天列队，行抚胸礼唱国歌。接待她们的是个女老师，她对这些事表示遗憾，但宣称她无权镇压我儿子的那些对头，因为言论自由在那个机构里被视为神圣的权利。于是，玛丽亚·克拉拉控诉她和这个狗娘养的王八蛋政府串通一气，并注销了孩子的学籍，然后，在回家的路上，她提起也许可以带他去里斯本上学，他正好可以在九月份开始下一个学年。儿子起初拒不接受，随后却被阿祖尔区[1]带有运动场的学校照片吸引。但没有任何人想过征询我的意见。我被伤了自尊，问玛丽亚·克拉拉我的父权何在，毕竟，若极端一些，我甚至可以不准孩子出行，或上法庭告她绑架未成年人。在更刺耳的争论中，我差点没问她，科瓦列斯基医生有没有允许莱拉担任父亲的角色，而父亲对于青

1　阿祖尔区（Bairro Azul）是葡萄牙里斯本的街区。

少年的成长是多么必要。玛丽亚·克拉拉也不能再拿"缺席的父亲"来老调重弹了，因为连她自己都已经说过，最近我花在她家的时间比我们结婚时还多。然而，我从莱拉讽刺的笑容中意识到，我来的时段与丽贝卡重合，这已经显而易见了。我甚至放弃了周日的烤羊腿，因为知道她周末要和丈夫一起过。某个周一，我们几乎同时到达之后，莱拉出主意一起去海滩。儿子立刻拿上了他的冲浪板，玛丽亚·克拉拉为至少能在浪花里浸湿双脚而感到欢欣。至于丽贝卡，她犹豫了一下之后，提议大家去巴拉达蒂茹卡[1]，那里的海浪比莱伯伦更好。但是，孩子坚持要去常去的海滩，因为他有段时间没见阿热诺尔叔叔了。玛丽亚·克拉拉和莱拉也异口同声地表示想见丽贝卡的丈夫，莱拉还把她衣柜里的一件三点式比基尼给了丽贝卡。

　　见我们一同前来，阿热诺尔看起来非常惊讶，如果算不上不悦的话。他走下瞭望台，摸着我儿子的头，正式地向玛丽亚·克拉拉和莱拉问好，对我和丽贝卡只留下一个"嗨"。他又上去，回到岗位上，但此时莱拉却想留下他，以展开对他妻子的赞

1　巴拉达蒂茹卡（Barra da Tijuca）是位于里约热内卢西区的富人区。

美——每天都来看我们，几乎成了家庭的一份子，她疼爱孩子，且终日为杜阿尔特唱一首桑巴歌曲。

"那是怎么唱的来着，丽贝卡？"

"现在不是时候，莱拉。"

"那我来唱：

清晨，多美丽的清晨

生命里的一曲新歌……"

第二天，丽贝卡没有出现，过了一天也没有，又过了一天也没有，一个星期后，我不再去玛丽亚·克拉拉家里，声称急着写完我的小说。这是谎话，因为我的写作在很久之前就停滞了，现在仍然毫无进展。海滩我也不再去了，连步道也不下去了，哪里都不去。我在厨房里随便弄点吃的，就回到床上，睡觉，睡觉，不分昼夜地睡觉，梦见这个共和国的总统，我只有垂死的想法。我对新闻感到恶心，一直关着电视，并退订了报纸，但它还不断送来消息，给我打折和送礼的承诺。我困得要死，在公寓里游荡，不时去检查玛丽亚·克拉拉的左轮手枪，短枪筒，内置撞针，弹膛里装填了子弹。就在这样浑浑噩噩的一天，丽贝卡给我打来了电话。她已经去了玛丽亚·克拉拉的公寓，她只给她开了一条门缝，因为她正和莱拉忙着，孩子也带着狗一起出去了。为了不白跑一趟，她想到在回维迪加尔前快速见我一面，那里的孩子还在等着她上英语课。我都没来得及脱下睡衣，换件还算干净的衣服，给她开门时，我为自己的模样感到羞耻，我黑眼圈很深，胡子没刮，牙齿被咖啡染得发黄。然而，我相信，这应该契合了丽贝卡心目中冥思苦想的作家形象，因为她表现出为打断我创作而难过的样子。我执意让她坐到沙发上，不用客气，在那里，她的目光盯住了被遗忘在角落茶几上的那把左轮手枪。我弄来这把手枪，是为了写小说里的细节，我这样辩解。一本侦探小说，她断言。但我无法预言它的体裁，因为据说泄露还在构思中的书，会带来厄运。只是不能否认，玛丽亚·克拉拉还没和我离婚的时候，会时不时地窥探我的写作，但她只在我们家的四壁之内这么做，书的秘密依然被保护着。尽管远不求同我的前妻相提并论，丽贝卡依然因我不信任她的谨慎而感到受伤。于是，我道歉，带她去我的书房，让她坐在我的椅子上，她不敢相信，我就在她眼前打开了笔记本电

| 这帮人 |

脑。打开电脑时，屏幕上出现了我最新创作的一页，正巧在这页上，叙事者梦见了泳池里裸体的丽贝卡。

▪ 2019 年 9 月 2 日

为这本书付钱的读者有权要求我讲，在什么都没写的那段时间里，我和丽贝卡相会的事。好吧，我这么说，我们每个工作日都见面，总是在她丈夫的值班时间内。不必感受到恶意，并不，因为迄今为止我们之间的所有事，丽贝卡都无需对他隐瞒。他甚至还应该感谢我慷慨给予了他妻子权限，让她可以看到一个经验丰富的作家的原作。她有成为第一个读者的特权，占去我小说的处子之身，这对她来说是莫大的认可。从第一页起，她就想到要将它译成英语，不是当作消遣，而是作为能确保她在巴西前途稳定的事业。就好像，在此之前，巴西不过是她眼里的某种消遣，但最终却成了她新的归宿。阿热诺尔也许会感到几分醋意，这也合情合理，但为了维持他的婚姻，他不能要求妻子只给贫民窟里的孩子教英语，不干其他任何实事。就好像当玛丽亚·克拉拉曾一连几天跟外国作家通信，沉浸在翻译引人入胜的小说之中，我也曾感到吃醋。若有机会，我的妻子也会和一个男小说家共处一室，在酒店房间里澄清误读，解释俗语，产生分歧，看着对方的眼睛争论，笑，感动，在不可译之处沉默良久。但在这几天，我甚至没能跟丽贝卡面对面待着。尽管她是新手，或很可能正因为她是新手，她拒不询问我，而是一边在电脑上读，一边直接译出。她正午时分到我这里，带着一本螺旋线圈笔记本和一支一次性水笔，轻吻我两下，并在坐下之前，提起迷你裙的一侧，从内裤里抽出一根烟蒂。她目光对着电脑，点上那半截烟，抽上几口，直到烧到了手指，然后，她开始又读又写，从不停下休息，中途也不喝杯咖啡。

我靠着她的背，向前探头，以看清她眼神的来回游动，读出她唇间正无声念着的我写的话，与此同时，她在无格线的笔记本内页上画着歪曲的线条。三点整，她结束工作，说她越来越沉醉于这本书了，然后以一个飞吻告别我，不许我陪她一起走。回家路上，我在脑海里陪着她，腿却留在了贫民窟的小路之外，毕竟那里没人胆敢招惹阿热诺尔的老婆。下午余下的时间里，我重读她读过的那几页，又再读第三遍，那几页经她过目，在我看来显然更惹人喜爱了。晚上，我想象着她在自己的床上，就着手机的灯光，尝试读出她自己写在笔记本上歪歪扭扭的字迹，心知那一刻我正想着她，而那位好丈夫正在她身边打鼾。

她完成翻译的那天，我想我们可以花点时间进行与文学无关的娱乐。我尽管不太喜欢大麻，但也可以和她一起在沙发上抽一支，说不定同时还能交换我们的秘密。吃完下午茶点后，我们可以一起喝点小酒，低吟浅唱，也许还能牵牵手，但这些并没有发生，因为她甚至比平常更早告辞。她期待读到小说的后续，因此要给我空出接下来的几周时间，让我独自投身于冥思苦想。得了吧，我这样老练的作家才不会有那种想法枯竭的青涩，只要短短几个小时，就足以让我用言语表达出头脑中源源不断的想法。我就是这么对她说的，她满怀崇敬地望着我，任由我紧贴着身体抱着，并答应我明天老时间还来。

▪ 2019 年 9 月 3 日

　　丽贝卡提前到了，从内裤里抽出一根烟蒂，在电脑前坐下。屏幕上是我从昨天写到今天的文字：

　　半梦半醒间，整个黎明，我都在感伤玛丽亚·克拉拉去了里斯本，带着她的闺蜜和我的儿子一起。谁也不能打消我的想法，莱拉想要把我和家庭拆散，且正当我已经与前妻和解，并开始对儿子上心之时。毫无疑问，也还是莱拉，禁止她试读我的新小说，因为知道是文学最初将我们联系在了一起，并让我们在遭遇婚姻危机时和解。她用心险恶，让玛丽亚·克拉拉身上潜伏的妄想症浮出水面，并说服她去葡萄牙寻求逃避。妄想症归妄想症，每当听到直升机清晨时分轰鸣着从大楼外飞过，我也有立即钻到床下的冲动。不过，时间一长，我逐渐不再害怕走到窗边，看飞机在百米高处飞行，打开的舱门里站着全副武装的警察。按理说，他们的出现应该让我感到安慰，因为他们在执行任务，保护这片区域不受可能正盘踞于周边丛林里的匪帮的威胁。完成这个任务后，直升机绕过山丘，飞向贫民窟，在那里的贴地飞行中，飞机有时会随机地射出步枪子弹。于是我想到了丽贝卡，她很可能就在那里，毫无遮挡，照料着社区的果蔬园，或是正跟英语课上的孩子们一起出去。她不在身边时，我焦灼得就像有个冒失女儿的父亲，这同时让我对她的迷恋变成了一种近乎乱伦的情感。我清楚她也想要我，一天，我鼓起勇气，决定用我的公寓为她提供最后的庇护，在这里，我能让她免于炮火和丈夫的控制欲。当她结束工作，来到我家门前，入迷地谈着我的小说时，我挡住了她的去路，把她搂进怀里。

我把她的卷发撩到耳后，在她耳边低声说，若她接受我做她的男人，那么这就是她的新家。是的，我梦想着和她白纸黑字地结婚，就像二十年前和玛丽亚·克拉拉那样，并且就像和玛丽亚·克拉拉那时一样，我会重新层出不穷地写小说。她将会是那个女人，以变幻不定的面貌，成为我小说中如此多样而逼真的人物的灵感来源。听到我的爱情宣言后，丽贝卡起身离开 [1]

"那傻女人会走吗？"
"还不知道。"
"我想看都想疯了。"
"明天你会看到的。"

---

[1] 此处原文没有标点，表示杜阿尔特的小说写到这里就停了。下面的对话回到现实。第 234 页同。

▪ 2019 年 9 月 4 日

　　走进家里时，丽贝卡提起裙子，费了点劲，才找到那根穿在三点式比基尼松紧带上的烟蒂。尽管外面下着雨，她仍说打算去海滩，但绝不错过下一章的故事：

　　听到我的爱情宣言后，丽贝卡起身离开，在客厅里踱步，穿着诱人的白色热裤，自从我第一次见她，这条白色热裤就跳进了我的眼里。她注意到墙面有待上漆，因为当家里充满不好的回忆时，即便是好好刮掉墙漆重新粉刷一遍，也总是有益的。她接着去检查厨房，手指摸过橱柜，反复翻转我仅有的那几口锅，她试着打开老旧的家电，把冰箱里过期的食物扔进垃圾桶。她穿过书房，看了一眼洗脸盆，问起卫生间，卫生间和走廊尽头的主卧连在一起。途经一个没有家具的房间，那是我向玛丽亚·克拉拉许诺给儿子住的地方，丽贝卡在墙之间跨着大步，看上去是在丈量这个房间。在主卧里，她打开那些几乎空着的衣柜，毫无疑问，那里能放得下她的东西，然后，她看到床边只有一个床头柜。她摸了摸床底下，又进卫生间去洗手，然后说，淋浴间的边上还有空间，将来可以装一个浴缸。指出屋顶有渗水的痕迹后，她去检查窗外的风景，觉得窗台上枯萎的天竺葵太碍眼。以窗台为起点，她开始绕着床走，最后坐在床上，轻轻颠了几下，以测试床垫。这时，我和她坐到一起，把她的红头发从脖子上挪开，对着她的后颈吹气轻咬。她缩起肩膀，露出起了鸡皮疙瘩的手臂，说我是巫师，因为我发现了她的软肋。

"就是这里，你是怎么知道的？"

"看吧，现在你手臂上真的起鸡皮疙瘩了。"

“我超爱情色文学。”

“更好的还在后头呢。”

……她的软肋。于是，她趴下，凸显她美丽的臀部，要我猜她最想要什么。没等我回答，她就说她想要我的孩子，正好，我对她最想要的，也是重新组建一个家庭，陪伴我度过余生。她翻过身，她那身体，她那甜美的身体，她抬起腿，把热裤拉到高处，然后

“刚好停在这里，简直太放荡了。”

“明天会有更多。”

▪ 2019 年 9 月 5 日

丽贝卡穿着白色热裤进来，没时间点着烟蒂，就跑到电脑前。我也急不可耐了，一晚上，我都沉浸在对这一刻的幻想中，早上，我花了好几个小时在浴室里洗澡。我甚至都没想续写我的小说，看到她坐在空白的页面前，我用手指穿过她的头发，舌头蹭过她的后颈。她一下子起身转向我，那张气得通红的脸我很熟悉：

| 这帮人 |

"你疯了？"

"你不想要我的孩子？"

"你全搞混了。"

她把笔记本贴在胸口，斩钉截铁地走了出去。摔上门之前，她回头看了一眼，看我是否在看着她。

■ 2019 年 9 月 25 日

亲爱的：

　　昨晚我梦见你了。你在路中间静静地等我，那里有上千条
电车轨道穿过，城市的顶上是透明的天花板，像一个巨大的画
廊。你英俊、优雅，穿着西装，打着领带，像是在领奖。我本
已穿过车流奔来，为了亲吻你，却突然发现了你腰上的左轮手

枪，于是浑身僵硬地停在了那里。看枪托，我认出了那是我昏头时买的那把。需要说，这不是我第一次被你吓醒，同样，我近来常有关于你的不祥预感。我知道你会笑我，因为你看不起妄想症的症状，但你不能否认，从刚结婚时起，我们就共同经历着一些神秘现象。你应该记得，有时候，我是怎样在房间里无缘无故地哭了起来，全然不知在墙的另一侧，你正写着一幕虐心的场景。或者，你是怎样在我到来的前一分钟，打开家里的门，就像狗预感到女主人回家一样。又或者，在一夜云雨后，我们如何看着对方的眼睛，同时说出，你可能刚刚让我怀上了一个男孩。

　　孩子很快就适应了里斯本的生活，主要是莱拉的功劳，她终于赢得了他的心。是她带他上学，去学校里接他，从学校出来后，他们坐着马车，去圣若热城堡[1]散步。这样我就有了时间做自己的事，我已经从把我变成废人的那种麻痹感中恢复了。比如，今天，他们坐车去纳扎雷海滩[2]，在海滩上，莱拉被孩

1　圣若热城堡（Castelo de São Jorge）位于葡萄牙首都里斯本，在古堡观景台可俯瞰城景和宽阔的特茹河，是里斯本主要的历史古迹和旅游景点之一。
2　纳扎雷（Nazaré）是葡萄牙最古老的渔村之一，纳扎雷海滩拥有西海岸最繁华的海滨浴场。

子冲浪的表现惊到了。我直到晚上都很空，希望你能给我你的小说，即使还没完成。我知道你没把小说给出版社，因为佩特鲁斯每周都来向我打听，他的那种焦急你也很熟悉。尽管如此，我会建议你在给我看过之前，先不要把原稿给他。修改你的疏漏，可以是任何一个校对者的工作，但只有我这个朋友才能够容忍你错得过分，把你的思想补充完整，甚至添上你可能也会想到的整个段落。

在这些文字里你会注意到，距离只让我和你更近了。不过，不要被吓到，因为作为妻子我已经受够了，现在我对你的感觉更像母亲。你要时不时地给我消息，你的沉默很折磨我。请告诉我，你从我这里拿走那把左轮手枪好长时间了，都用它做了些什么。我希望你已经把它扔进垃圾堆，或扔在荒地上，或扔进莱伯伦的水渠了。若你把它放在了家里，我求你赶紧扔了，看在我们儿子的份上。

吻你。

玛丽亚·克拉拉

"杜阿尔特？是我，罗萨内。那是什么声音？听上去像水牛，谁知道呢，地下墓穴里的水牛。我好极了。有个新消息，我要有新生活了。我要去教堂结婚了，你信吗？什么老头？拿破仑已经是过去了，darling，我要和皮科利尼结婚。皮科利尼，你不认识？他是马托格罗索最大的畜牧业老板，如果你想知道。什么烧荒？啊，他的土地上没有，感谢上帝。一点也没有，那里没什么还能烧的东西了。当然，我不会住在马托格罗索，感谢上帝放过了我。他也不，皮科利尼住在圣保罗。是的，下周我会搬去他在美洲花园区[1]的房子。我们的婚礼定在 12 月 13 日，你记在日程上。那将是一个超大的派对，全体气氛组都是巴西利亚来的。放下你的偏见，杜阿尔特。最好别谈政治。因为我不是打电话来跟你吵架的，混账。听着，杜阿尔特，我想见你。我家里现在乱得不行，只剩下我们的房间。我讨厌多愁善感，但当我整理东西时，家里的每个小角落都让我想起我们。哎呀，你也不会否认，我们在这里共同经历过十分美妙的时刻。这就对了，所以我在想，今晚大家可以举行一个小小的告别派对。

1　美洲花园区（Jardim América）是位于圣保罗的一个富人区。

什么州长？哪个部长？也没有部长老婆，你个混蛋，是个床上的派对，只有我们俩。啊，你不知道想不想来？那算了。多可惜呀，我今天的状态好得不得了。忘了吧，我会去找别人的。对吧，你自己也不想错过。当然，甚至可以是你的朋友，为什么不呢？说，我在听。真的？确定？现在轮到我不想了，my dear。那你得好好求我。你重复一遍。再说一遍。你最想要什么？我九点等你，你不会后悔的。"

女人，像厄运一样，总是一个接一个地来，你马上能够看到。我与罗萨内道别还没多久，给我打电话的人就成了丽贝卡。那现在呢？她颤抖着声音，也许是后悔对我的中伤，她选我作为倾诉对象，抱怨她的丈夫。据她说，我是她对阿热诺尔的忠诚的最佳见证者，知道她如何坚毅地拒绝了内心的冲动。然而，最近这段时间，他认为她变得离群索居，便开始监视她的行踪，甚至怀疑她和窝点里的毒贩来往密切。此时她也不能直接来找我谈，因为阿热诺尔休了一个月的假，总是跟在她屁股后面。她必须装作皈依了基督教，才得以每天出逃一个小时，去真福教堂，把我小说的译文一点一点打进迪纳马尔科牧师的电脑。昨天她终于全部打印了出来，放在书包里，等丈夫睡着就能在床上尽情阅读。她从头反复读了许多遍，已经忽略了结尾的缺失。她应该是在读某几段时感叹得太大声了，结果，阿热诺尔，平时睡得跟块石头一样，这会儿却突然醒了过来，一把夺过稿子，目光正好瞪在了她穿着紧身热裤经过我家的那一页上。他读到了"杜阿尔特"这个名字，读到了"丽贝卡"这个名字，那些色情的英语课使他能够明白，作家正盯着他老婆的屁股看。他一贯粗笨，无法辨别小说与现实的不同，于是撕了书，往她脸上打了几巴掌，现在还火辣辣的。丽贝卡不会这么快就原谅那几个巴掌，但作为补偿，她可以随时重印书稿，它就保存在教堂的电脑里。这是她今天就要做的，因为她坚持要送一份副本到我手里，不仅是为了让我评价她的工作，也是为了激励我以一个圆满的结局写完小说。我建议她把书放在门房处，白天那边一般总会有个她已经认识的门房。但丽贝卡已下定决心，要在今天傍晚来找我，那时阿热诺尔会和朋友们一起去马拉卡纳球场看足球。她还搞了点强效大麻来我身边慢慢抽，因为丈夫直到凌晨一点都不会回家。挂电话之前，她低声说，她考虑过去妇女委员会告他，但更想以另一种方式报复。

我打开一瓶勃艮第红葡萄酒，一闻，就意识到里约的炎热对这酒不太好。不过，喝第二口的时候，我觉得它能下咽了些，而且，丽贝卡无论如何也不可能是个内行，她不会觉得这酒的酸味不对劲。傍晚，我想起要把听筒从电话机上拿开，以防罗萨内打来叫我。若还有下一次见面，我绝不会再犯蠢对她说，她就像好酒一样，一天比一天令人神往。是的，她其实懂得品鉴这种勃艮第红酒，并会在反复漱口后吐在我脸上。若得知她被更年轻的女人超过了，她就会摔上公寓所有的门。很难对她解释，我和这样一个女孩在一起，不是在寻欢作乐，而是在几分钟里重新找回自己年轻时的幻影。然而，一旦越过了丽贝卡这座堡垒，我必然会重新渴望罗萨内，都没必要先去到圣保罗。她的新丈夫肯定和以前那位一样开放，而我也已经上了年纪，不再能冒险勾搭粗俗男人的老婆了。不过丽贝卡有时好像喜欢愚弄我，随着夜越来越深，我已经后悔放罗萨内鸽子了。酒只剩下余味了，对丽贝卡的渴望逐渐让位于忧虑，然后让位于焦躁，再是恼怒，再是淡漠，然后，当听到电话门铃响时，我已经睡着了。我什么也没说，打开马路前的大门，让家门虚掩着，回到沙发上躺下。她过了好一会儿才上来，听到木地板上高跟鞋的脚步声时，我已经又睡着了。当我睁开眼睛，不是丽贝卡，而是一位优雅的女士，我生命中见过最迷人的女人，也许是位从未有幸偶遇的邻居。仔细一看，不是的。是一位我十分熟悉的女人，只是我已经很多年没见到她了。对这个女人，时间才真正只给予善意。我不愿相信，但正是妈妈在向我走来，她以十分严肃的神情注视着我，显然是要和我躺在一起。她坐在沙发沿上，解开她衬衫上的珍珠纽扣。然后，她抬起我的头，用冰冷的嘴唇亲吻我。然后，她为我画十字。

▪ 2019 年 9 月 28 日

巡逻圣欧热内大楼时，玛丽卢·扎巴拉博士在七楼停下，闻到一股从 702 室传来的臭味。她提醒了房屋管理员，房屋管理员是退休的肠胃病专家，他立即认出那是尸体的气味，而不像她推测的那样是厕所堵了。随着军警的到来，扎巴拉博士窃喜，这次，这位作家也逃不过被破门而入了。她本来也要走进公寓，但带着两个民警的警察局长刚好赶来，阻止了她。很快，

| 这帮人 |

门厅里聚集起其他邻居，用头巾遮住口鼻的男人和女人，以及捂着鼻子的孩子。没人记得什么时候见过 702 室的住户出现在大楼里，他也从未对他们说他的名字。甚至连对门 701 室的邻居都不认识他，邻居大声喊着要求清理掉尸体，因为他公寓里的臭味令人难以忍受。一位警察请他保持耐心，专家鉴定小组很快就到，但此时从电梯里走出的却是一位记者，他展示了自己的工作证，便获准记录这桩事件。玛丽卢·扎巴拉博士询问警察，记者有什么特权进入对联邦法官封闭的区域。她被迫远离门口，让路给专家，他们保证说很快就把尸体转移到法医部门。随后来了两个消防员，扎巴拉博士借他们进出的机会，混进了公寓。记者出来了，对围观者宣布，死亡是枪击造成的，是自杀或他杀还有待调查。701 室的那个人现在想起来，一天晚上，他听到过窗边传来的一声枪响，还以为那声音来自庆祝弗拉门戈队进球的焰火。被警察局长礼貌地请出之后，扎巴拉博士如此描述尸体的样貌：毫无光泽的眼睛，扭曲的下颌，带有一种奇怪的深绿色。一则消息很快传遍门厅，说 702 室的作家是个混血儿，法官自己再怎么否认也没用，对她来说，圣欧热内大楼里从来没有过带非洲血统的房客。当长了尸绿的尸体被装在黑色袋子里移出公寓，放在钢制担架上，由消防员抬着，"让一让，让一让"，一众居民终于安静了下来。就这样，他们从楼梯下去，有人评论说，黑人不是在进来时发臭，就是在离开时发臭。

| 这帮人 |

▪ 2019 年 9 月 29 日

作家身亡于莱伯伦公寓

　　著名作家曼努埃尔·杜阿尔特，66 岁，畅销书《宫中阉伶》的作者，被发现死于其位于莱伯伦的住所。由于死亡地点气味浓烈，邻居于昨日早晨 6 点报警。根据我们的报道，曼努埃尔·杜阿尔特躺在客厅的沙发上，右侧太阳穴有一处伤口。他右手边的地板上有一支左轮手枪。公寓里未发现破门而入或打斗的痕迹，中间的桌子上有一只空酒杯和一个空酒瓶。作家显然为自杀，但第 14 警区的警察局长杜尔瓦尔·塞拉皮昂尚未排除抢劫的可能性。住宅内未找到值钱物品，也未找到自杀情形下常出现的临终便条或书信。同样引起注意的是，作为一般作家用于工作的工具，电脑上没有文档或电子邮件。

谜团

据塞拉皮昂局长所说，那把 38 毫米口径的枪注册在作家的第一任妻子、翻译家玛丽亚·克拉拉·杜阿尔特名下，警方无法定位到她。基于与圣保罗的编辑佩特鲁斯·穆勒的通话，警察局长辟谣了一个广播节目中传出的说她已逃往国外的消息。据编辑所说，该翻译家于本月初移居里斯本，在镇定药物的作用下卧病在床。小说家的前妻，建筑师兼设计师罗萨内·杜阿尔特也十分震惊，同样驳斥了自杀的假说。她断言，她和杜阿尔特保持着非常好的关系，他身体健康，热爱生活，对未来有一番宏伟的规划。她的证言得到了编辑佩特鲁斯·穆勒的确证，他原本很快就能等到杜阿尔特新小说的原稿了，这部小说或仍能在今年作为作者的遗作出版。另一方面，一位著名律师，作家儿时的朋友，透露了人们所不知的情况，作家承受着失去父亲的创伤，其父亲同样枪击自己的太阳穴自杀。本报从精神病学家伊萨克·科瓦列斯基处听闻，科学文献不把遗传倾向认定为自杀的原因，但遗传的情感脆弱可以被认为是重要的风险因素。

人物履历

曼努埃尔·杜阿尔特于 1953 年 7 月 12 日出生于里约热内卢。父亲欧弗拉齐奥·杜阿尔特·内图是著名上诉法院法官，母亲米尔德蕾德·杜阿尔特为家庭主妇。青年时期，他曾参与反对军政府独裁的运动。根据 2002 年他在本报的访谈中所说，他曾短暂地在广告和新闻行业工作，但始终向往文学。他于 1999 年出版诗集《致 M. C. 的颂歌》，为个人出版。不过，从 2000 年起，他以小说闻名，先是历史小说《宫中阉伶》，随后出版了其他十一部作品。

在无数朋友与钦佩者之外，曼努埃尔·杜阿尔特还留下了一个儿子，这是他在第一段婚姻中所生的孩子。至本期截稿时，仍无关于死者追悼会和葬礼的消息。

致谢

玛丽亚·埃米莉亚·本德尔

里卡多·塞凯拉博士
埃德松·德索萨·米拉格雷斯博士

卡罗尔·普罗内尔

| 这帮人 |

译后记

　　本书作者希科·布阿尔克（Chico Buarque）更出名的身份也许是流行音乐家，他迄今已出版了近八十张专辑，单张专辑在巴西的销量高达数十万，并多次获得巴西音乐奖（Prêmio da Música Brasileira，起初以赞助商的名字命名为 Prêmio Sharp）的年度歌曲、MPB（巴西流行音乐）最佳专辑和 MPB 最佳歌手等奖项。他于 1944 年出生在里约热内卢，是巴西历史学家塞尔吉奥·布阿尔克·德奥兰达（Sérgio Buarque de Hollanda）之子，成长于宽松而充满文化艺术氛围的家庭环境中。他的音乐创作关注巴西的政治与社会问题，反抗军政府时期的独裁和压迫，赋予社会边缘群体声音。在音乐之外，他还创作戏剧和小说，他的小说《障碍》（*Estorvo*）、《布达佩斯》（*Budapeste*）和《洒掉的牛奶》（*Leite Derramado*）获得了雅布提奖（Prêmio Jabuti）年度最佳虚构图书，2019 年，他被授予卡蒙斯文学奖（Prémio Camões），这是葡语文学界的最高荣誉。《这帮人》是希科·布阿尔克创作的第七部小说，发表于 2019 年，这部小说延续了他在音乐中呈现不同群体声音的做法。

小说的背景设定在 2018 至 2019 年，社会不平等加剧、右翼力量回潮之下的里约热内卢。以这座繁华与贫困并存的大城市为舞台，巴西社会的诸多困境在人们的日常生活中呈现出来：新自由主义与全球化导致劳工阶层失权，日益被排斥到非正式的就业领域；被称为"巴西特朗普"的雅伊尔·博索纳罗（Jair Bolsonaro）当选巴西总统，他曾于军政府时期担任军官，在政治上持极右翼立场，对左翼和 2003 至 2016 年劳工党政府的主张持强烈的反对态度，反对同性婚姻、堕胎、肯定性行动、土地改革和世俗主义，并发表针对性少数群体的仇恨言论，支持经济自由主义政策，为军政府的酷刑和谋杀辩护；伴随着极右翼风潮回归的是对暴力和威权的崇拜，在这种情形下，暴力不再仅作为工具发挥作用，而是成了整个社会秩序的原则和纽带。

在由书信、对话和内心独白呈现出来的故事里，主人公杜阿尔特的个人危机与时代的危机交织在了一起。不仅政治入侵了个人最私密的生活，模糊了公共领域与私人领域的界限，时刻拷问着每个人的身份认同、道德感乃至亲密关系，强权的威胁也压迫着个人的精神世界，割裂人与人之间的联结与信任，使人与人、阶层与阶层间的关系愈发暴力，却愈发凸显主体间性上的无力。作者以一种杂语性的书写方式，在人物之间的摩擦、冲突和误解中记录着时代的困境，从角色言语中流露出的意义里，我们可以窥见一个处在分裂危机之中的社会。例如，作者以杜阿尔特与罗萨内之间逐渐加深的隔阂，映衬出支持博索纳罗的精英人物这场自恋的政治狂欢，以及对与政见不同者交流的排斥；玛丽亚·克拉拉与护工争吵的这一幕，将两个阶层各自的信念带到了纸面上，通过人物的语言呈现出两种迥异的现实；丽贝卡的故事则带来了一个理想中的旧日巴西，种族和阶层融合的童话，而伴随着这个童话来到巴西的丽贝卡碰上的却是现实中的分裂与暴力。几乎每个人物都带着社会赋予他的印记出场，在作者的安排下为自身所属的群体发声或辩护。尽管作为主角的杜阿尔特是个对暴力与压迫感到不适的知识分子，作者的呈现却不限于主角的视角，而是客观地展现多方面的声音，在让弱者依据他们自身的处境和信念发声之外，也表现了巴西割裂的政治状况。为了更好地转达作者笔下来自不同群体的声音，我在翻译时尽量还原了人物的语言习惯。在一些地方，人物在交流中混入了英语，考虑到语言的使用也体现了人物的文化习惯和价值取向，我在翻译时原样保留了对话、通信中简单的英语短语，但对于原作中用英语表示的专有名词，如"版税"、"出版商"，则依据翻译中不妨碍理解的原则译成了中文。

小说不仅呈现人物的生活信念和政治立场，也呈现他们心理上的挣扎、扭曲，在个人的精神痛苦和社会的病态之间建立起联系。当杜阿尔特从神经症一般的噩梦中醒来，遭遇的现实却同梦境一般魔幻：允许公民持有至多四把枪，这是真实在巴西通过的法令。到最后，很难分清杜阿尔特的妄想与现实，抑或是他在对现实生活的感知里掺进了多少妄想，二者似乎同样荒诞而带有神经症的特征。同样分不清，杜阿尔特的死究竟是由于精神异常导致的自杀，还是有他杀的可能性（比如出于阿热诺尔之手的情杀）。小说也留下了其他的疑问，例如杜阿尔

| 这帮人 |

特是否如邻居间的传闻所说，是个混血儿，毕竟在整本书里，他都没有明确说过自己的肤色，尤其是当阿热诺尔问他在小说中的肤色时，我们几乎会下意识地认为他是白人，但他和儿子有一样的卷发，似乎又暗示他可能有黑人血统。小说里的内容是什么，是从玛丽亚·克拉拉或丽贝卡手中恢复的杜阿尔特的小说，抑或是杜阿尔特为他的小说收集的素材，也成了一个谜团。我们还可以过问作者和小说主角之间的联系：两人的名字在发音上有些相似，两人都出身名门，在精英阶层中长大，在年轻时反抗过军政府，且对巴西当下的现状感到不适。这些问题为小说的解读增加了不确定性，而我们则可以追问这些不确定性的意义。

小说出版时间较近，在现有的解读之外仍有很大的阐释空间，愿每位读者在阅读中获得乐趣，也同作者一起，站在地球另一端人们的生活之流里，探索理解和描绘当前时代的方式。最后，感谢闵雪飞老师和樊星老师给了我参与文学翻译的机会，翻译不当之处，望各位前辈指正。

陈丹青

2023 年 5 月于杭州

胭+砚
project:

胭砚计划：

巴西木：

《这帮人》，[巴西] 希科·布阿尔克著，陈丹青译，樊星校

《一个东方人的故事》，[巴西] 米尔顿·哈通著，马琳译

《抗拒》，[巴西] 胡利安·福克斯著，卢正琦译

《歪犁》，[巴西] 伊塔马尔·维埃拉·茹尼尔著，毛凤麟译，樊星校

《表皮之下》，[巴西] 杰弗森·特诺里奥著，王韵涵译

东洋志：

《锁国：日本的悲剧》，[日] 和辻哲郎著，郎洁译

《战斗公主 劳动少女》，[日] 河野真太郎著，赫杨译

《给年轻读者的日本亚文化论》，[日] 宇野常宽著，刘凯译

《青春燃烧：日本动漫与战后左翼运动》，徐靖著

《同盟的真相：美国如何秘密统治日本》，[日] 矢部宏治著，沙青青译

《昭和风，平成雨：当代日本的过去与现在》，沙青青著

《平成史讲义》，[日] 吉见俊哉编著，奚伶译

《平成史》，[日] 保阪正康著，黄立俊译

《一茶，猫与四季》，[日] 小林一茶著，吴菲译

《暴走军国：近代日本的战争记忆》，沙青青著

《古寺巡礼》，[日] 和辻哲郎著，谭仁岸译

《造物》，[日] 平凡社编，何晓毅译

太阳石：

《鲁尔福：沉默的艺术》，[西] 努丽娅·阿马特著，李雪菲译 （即将出版）

《达里奥：镜中的预言家》，[秘鲁] 胡里奥·奥尔特加著，张礼骏译 （即将出版）

《科塔萨尔：我们共同的国度》，[乌拉圭] 克里斯蒂娜·佩里·罗西著，黄韵颐译

《巴罗哈：命运岔口的抉择》，[西] 爱德华多·门多萨著，卜珊译

《皮扎尼克：最后的天真》，[阿根廷] 塞萨尔·艾拉著，汪天艾、李佳钟译

《多情的不安》，[智利] 特蕾莎·威尔姆斯·蒙特著，李佳钟译

《在大理石的沉默中》，[智利] 特蕾莎·威尔姆斯·蒙特著，李佳钟译

《〈李白〉及其他诗歌》，[墨] 何塞·胡安·塔布拉达著，张礼骏译

《珠唾集》，[西] 拉蒙·戈麦斯·德拉·塞尔纳著，范晔译

《阿尔塔索尔》，[智利] 比森特·维多夫罗著，李佳钟译

《自我的幻觉术》，汪天艾著

《群山自黄金》，[阿根廷] 莱奥波尔多·卢贡内斯著，张礼骏译

《诗人的迟缓》，范晔著

努山塔拉：

《瀛寰识略：全球史中的海洋史》，陈博翼编著（即将出版）

其他：

《少年世界史·近代》，陆大鹏著

《少年世界史·古代》，陆大鹏著

《男孩的心与身—— 13岁之前你要知道的事情》，[日] 山形照惠著，张传宇译

《噢，孩子们—— 千禧一代家庭史》，王洪喆主编

《大欢喜：论语章句评唱》，李永晶著

《回放》，叶三著

《雪岭逐鹿：爱尔兰传奇》，邱方哲著

《故事新编》，刘以鬯著

《亲爱的老爱尔兰》，邱方哲著

《送你一颗子弹》，刘瑜著

《说吧，医生1》，吕洛衿著

《说吧，医生2》，吕洛衿著

《摩登中华：从帝国到民国》，贾葭著

《天命与剑：帝制时代的合法性焦虑》，张明扬著

《现代神话修辞术》，孔德罡著

《看得见的与看不见的》，[法] 弗雷德里克·巴斯夏著，于海燕译

Essa Gente by Chico Buarque
Copyright © 2019 by Chico Buarque
First published in Brazil by Editora Companhia das Letras
This edition published by arrangement with Rogers, Coleridge and White Ltd., in association with
Companhia das Letras/Editora Schwarcz Ltda, through BIG APPLE AGENCY, LABUAN, MALAYSIA.
Simplified Chinese edition copyright: 2024 LIJIANG PUBLISHING LIMITED
ALL RIGHTS RESERVED.

桂图登字：20-2022-274

图书在版编目（CIP）数据

这帮人 / (巴西) 希科·布阿尔克著；陈丹青译
. -- 桂林：漓江出版社，2024.4

ISBN 978-7-5407-9765-2

Ⅰ.①这… Ⅱ.①希… ②陈… Ⅲ.①长篇小说－巴
西－现代 Ⅳ.①I777.45

中国国家版本馆CIP数据核字(2024)第069956号

Obra publicada com o apoio da Fundação Biblioteca Nacional e do Instituto
Guimarães Rosa do Ministério das Relações Exteriores do Brasil
本作品由巴西外交部吉马莱斯·罗萨学院与巴西国家图书馆基金会资助出版

这帮人 *Essa Gente*
ZHEBANGREN

作　　者　[巴西] 希科·布阿尔克
译　　者　陈丹青
审　　校　樊　星

出 版 人　刘迪才
品牌监制　彭毅文
选题顾问　樊　星
责任编辑　彭毅文
助理编辑　赫　杨
书籍设计　千巨万工作室
责任监印　陈娅妮

出　　版　漓江出版社有限公司
社　　址　广西桂林市南环路 22 号
邮　　编　541002
微信公众号 lijiangpress

发　　行　北京联合天畅文化传播有限公司
发行电话　010-64258472

印　　制　北京盛通印刷股份有限公司
开　　本　880 mm×1230 mm　1 / 32
印　　张　8.25
字　　数　119 千字
版　　次　2024 年 6 月第 1 版
印　　次　2024 年 6 月第 1 次印刷
书　　号　ISBN 978-7-5407-9765-2
定　　价　48.00 元